U0942606

Yilin Classics

JULES VERNE

经/典/译/林

Voyage au centre de la Terre

地心游记

[法国] 儒尔・凡尔纳 著

陈伟 译 曹德明 校

译林出版社

图书在版编目（CIP）数据

地心游记/（法）儒尔·凡尔纳著；陈伟译，曹德明校．—南京：译林出版社，2019.5（2024.9重印）
（经典译林）
ISBN 978-7-5447-7584-7

Ⅰ.①地… Ⅱ.①儒… ②陈… ③曹… Ⅲ.①科学幻想小说－法国－近代 Ⅳ.①I565.44

中国版本图书馆CIP数据核字（2018）第258821号

地心游记 ［法国］儒尔·凡尔纳／著 陈 伟／译 曹德明／校

责任编辑 唐洋洋 冯一兵
装帧设计 陈天岷
校 对 孙玉兰
责任印制 颜 亮

原文出版 Editions Pocket, 1991
出版发行 译林出版社
地 址 南京市湖南路1号A楼
邮 箱 yilin@yilin.com
网 址 www.yilin.com
市场热线 025-86633278
排 版 南京展望文化发展有限公司
印 刷 南京爱德印刷有限公司
开 本 880毫米 × 1230毫米 1/32
印 张 8.125
插 页 4
版 次 2019年5月第1版
印 次 2024年9月第18次印刷
书 号 ISBN 978-7-5447-7584-7
定 价 32.00元

译 序

儒尔·凡尔纳于一八二八年二月八日出生于法国南特的一个律师家庭,一九〇五年三月十四日卒于亚眠。他自幼喜欢旅游和航海,酷爱科学和幻想。他一生写了上百篇科幻小说,其中长篇小说六十四部,中短篇集两卷,总字数达七八百万,作品被译成五十四种文字在世界各地出版,被誉为"科学时代的预言家"。

凡尔纳生活的时代,是资本主义上升的时代,也是科学技术飞速发展的时代。他的作品既是那个时代的产物,又是那个时代的一面镜子,表达了人们对摆脱手工式小生产、实现资本主义大生产的渴望,也反映出科学技术的发展在人们的思想领域里所产生的巨大影响。

凡尔纳的科幻小说大多以在当时的技术条件下无法完成的探险旅行为主题,有的在时间轴线上展开,穿越了过去、现在和将来;有的在空间轴线上展开,涵盖了天上地下、地球内外;更多的则是二者兼而有之。这一特点,我们单从他一些代表作的书名中,便可窥一斑,比如《气球上的五星期》、《从地球到月亮》、《昨天和明天》、《神秘岛》、《八十天环游地球》、《海底两万里》,等等。

《地心游记》同样也有着上述特点。该书创作于一八六四年,是凡尔纳早期的科幻小说之一。主要内容是:德国科学家李登布洛克教授受前人阿尔纳·萨克努塞姆一封密码信的启发,偕同侄子阿克赛尔和向导汉斯,进行了一次穿越地心的探险旅行。他们从冰岛的斯奈菲尔火山口下降，一路上克服了缺水、迷路、风暴等各种困难，终于在一次火山喷发中从西西里岛的斯德隆布利火山回到了地面。全书除开头的七章用于情节的展开之外，其余内容可分为准备(第八至第十六章)、探险(第十七至第四十三章)和新生(第四十四至第四十五章)三大部分。在第一部分中，儒尔·凡尔纳夸张地渲染了冰岛的贫穷、落后和凄凉，故意把探险的准备工作笼罩在死亡的阴影下，令读者不由自主地对主人公们的命运产生担心。第二部分是小说的重点，叙述了地心探险的全过程，以紧凑的笔法记载了主人公们的艰险经历和种种奇观。第三部分与第一部分的阴沉凄凉形成了鲜明的对比，主人公们在经历了地狱般的旅程之后，突然回到了阳光明媚、泉水清澈、鲜果丰美的天堂。整部小说就像凡尔纳以后的所有作品一样，不仅文笔幽默流畅、情节波澜起伏，而且有着浪漫而合乎科学的非凡想象力，把读者带进了一个超越时空的幻想世界。

虽然《地心游记》是一部充满传奇色彩的科幻小说，但它的诞生是和当时的历史、社会背景分不开的。一方面，欧洲殖民者出于建立各自殖民地帝国的目的，掀起了一股探险狂热，在短短的时间里，他们相继征服了尼罗河的源头、撒哈拉沙漠、非洲大陆、南北两极，地球上人迹未至之处越来越少。另一方面，科学技术，特别是考古学和地质学得到了前所未有的发展。《地心游记》正是在这样的背景下应运而生的。

在这部小说中，儒尔·凡尔纳不仅向人们讲述了一个科幻故事，而且以自己独特的方式，表明了他在一场贯穿整个十九世纪的重大科学争论中所持的立场。众所周知，当时的生物学界在对于世界的看法上存在着两种截然不同的观点，一种是生物不变论，另一种是生物进化论。前者鼓吹地球上的生物从被创造的那一天起就是一成不变的；后者则认为所有生物都会在进化过程中发生演变。这种观点上的对立，实际上是唯心主义和唯物主义的对立、是愚昧和科学的对立、是落后和进步的对立。尽管当时许多考古学的最新发现遭到了不变论鼓吹者的污蔑、打击和诽谤，但是儒尔·凡尔纳仍然勇敢坚定地把这些发现写进了他的《地心游记》里，为读者描绘了一幅生物演化过程图，有力地传播了真理，支持了科学。

儒尔·凡尔纳是一位敢于坚持科学真理的勇士，更是一位善于刻画人物的文学大师。《地心游记》的主要人物共有三个，他们性格鲜明、栩栩如生。书中的"我"——阿克赛尔起初是一个年仅十九岁的优柔寡断的大孩子，在叔叔李登布洛克教授的逼迫下，他不得不离开了自己在汉堡的温暖的家，糊里糊涂地踏上了地心探险的征程。那时候的他是一个地道的叛逆英雄，脑子里除了吃和睡之外，没有任何其他想法，更谈不上为荣誉和真理而献身了。他无力把握自己的命运，只能像小说第三十二章所提到的原始海洋里的盲鱼一样随波逐流。但是，在经历了眩晕、饥渴、黑暗、迷路、炽热等一系列考验之后，他逐渐成长了起来，并且从最初对叔叔的唯命是从，逐渐发展到与他平等地讨论问题，最后竟然对他发号施令起来。阿克赛尔的这种变化有着典型的象征色彩。尽管小说的三位主人公最后没能到达地心，但是凡尔纳却达到了他的目的：整个地心探险的过程，也就是阿克赛尔历尽磨难、重获新生、终于成长为一名男子汉的过程。

李登布洛克教授是一个精力充沛却又性格急躁的人物。儒尔·凡尔纳利用他的性格、学术能力和地位，巧妙地借他之口完成了大段对自然科学原理的枯燥阐述。如果说阿克赛尔在探险开始之初还只能算是一个毛孩子的话，相反，李登布洛克教授却早已经是科学界的泰斗了。他急躁、专制的性格使他理所当然地成为了三人探险小队的首领，我们甚至可以把他看成是十九世纪唯科学主义漫画式的象征。但是，这位固执得有时显得可笑的教授，却有着坚定的信念和顽强的意志，他相信科学、相信数字，尽管有时他也会犯一些低级愚蠢的错误。小说中的幽默素材，大多都来自于李登布洛克鲜明的个性。所以，从另一个方面来说，教授这个人物使原本可能是严肃的科学幻想主题，变得更加轻松活泼、生动有趣。

冰岛向导汉斯是李登布洛克教授的对立面，他冷静、平和，对一切都显得漠不关心，甚至连说话都简洁到了极点。他参加探险的动机与他的同伴们毫无相同之处。如果说后者进行这次探险纯粹是为了知识，那么汉斯则是为了谋生。正是出于这个原因，即使是在最艰难、最危险的时刻，他也会雷打不动地向教授索取自己三块银币的周薪。但是，正是由于这个人物的出现，儒尔·凡尔纳才能轻松自如地解决所有在探险旅途中出现的技术问题，使故事得以顺利地继续下去。

当然，小说还多处提到了另一位人物——尽管他自始至终都没有正式出现过，他就是第一个到达地心，又从地心返回地面的十六世纪占星术士阿尔纳·萨克努塞姆。儒尔·凡尔纳对萨克努塞姆的描写是间接的，而且篇幅也不大，但这个人物总是指引着主人公们的探险旅程，在推动故事情节、把握小说节奏方面起着至关重要的作用。

在小说《地心游记》里，儒尔·凡尔纳为我们塑造了一群科学勇士和先驱者形象的同时，他自己则当之无愧地被看作是科幻小说的先驱，影响着一代又一代人。今天，世界上许多科学家都坦言，自己是受到了凡尔纳的启迪，才走上科学探索之路的。甚至还有人这样说："现代科学只不过是将凡尔纳的预言付诸实现的过程而已。"凡尔纳去世后，人们对他做了恰如其分的评价："他既是科学家中的文学家，又是文学家中的科学家。"凡尔纳正是把科学和文学巧妙结合起来的科幻文学之父。

陈　伟

一

一八六三年五月二十四日星期天，我的叔叔李登布洛克教授匆匆赶回他住的小房子，科尼街十九号，那是汉堡旧城最古老的街道之一。

女佣玛尔塔以为自己耽误了做饭，因为午饭才刚刚开始在厨房的炉子上滋滋作响。

“这下好了，”我心想，“叔叔是个最性急的人，要是他饿了，一定会痛苦得大喊大叫的。”

“李登布洛克先生这么早就回来了！”女佣玛尔塔微微打开餐厅的门，惊慌失措地大声说道。

“对，玛尔塔；不过午饭没做好不能怪你，现在连两点钟都没到。圣-米歇尔教堂的钟刚刚敲了一点半。”

“可为什么李登布洛克教授会现在回来呢？”

“也许他自己会告诉我们的。”

“他来了！我得赶紧走。阿克赛尔先生，您要让他理智一点。”

说着，玛尔塔回到了她的烹饪实验室。

我独自留了下来。可是，要想让一个脾气最为暴躁的教授变得理智，这是我这个优柔寡断的人力所不能及的。于是,我打算小心翼翼地回到楼上我的小房间去。这时,朝着马路的大门突然吱呀一声被推了开来;沉重的脚步压得木楼梯咯咯作响,这幢房子的主人穿过餐厅,立刻冲进了他的书房。

但是,在迅速穿过餐厅的时候,他把他的圆头手杖扔到了屋角,把他的翻毛宽边帽扔到了桌上,又把这样一句洪亮的话扔给了他的侄子:

“阿克赛尔,跟我来!”

我还没来得及动,教授就已经不耐烦地冲我喊了起来:

“怎么!你还不过来?”

我奔进了我那位令人敬畏的主人的书房。

奥托·李登布洛克不是一个坏人,这一点我完全同意;但是,除非发生什么变故,否则他一辈子都将是一个可怕的怪人。

他是约翰大学的教授,开设的课程是矿物学,讲课的时候,他总是要有规律地发那么一两次火。他根本不关心他的学生是否都来上课,是否认真听讲,也不关心他们日后会取得什么样的成功;这些细节他全然不放在心上。借用德国哲学的术语来说,他是在“凭主观”讲课,他是在为自己讲课,而不是为别人。他是一个自私的学者,一口知识的深井,可要想从这口深井里打上水来却并非易事:总之,他是个吝啬鬼。

在德国,像他这样的教授有那么几个。

不幸的是,我叔叔说起话来并不十分流利,如果说朋友之间相互闲谈时还好一点,那么至少在公共场合时就是如此,对于一个演讲者来说,这是个令人遗憾的缺点。的确,教授在约翰大学讲课时,经常会突然停下;他同某个特别刁钻、不易被说出口的词斗争着,这个词顽强抵抗、高傲自大,最终被教授以不太科学的粗话形式说出口来，接着教授便大发雷霆。

然而，矿物学里有许多半希腊、半拉丁的名称都很难读，难读得甚至能把诗人的嘴皮磨破。我并不是想说这门科学的坏话，也根本没有这个意思。可是，当一个人面对诸如“菱面结晶体”、“树脂沥青膜”、“盖莱尼岩”、“方加西岩”、“钼酸铅”、“钨酸锰”、“钛酸氧化锆”这样的词时，就是最为灵活的舌头也会出错。

因此，在城里，大家都知道我叔叔这一可以原谅的毛病，他们乘机欺负他，每逢难念之处就等他出错，他一发火，他们就笑，这不能算是件礼貌的事，即使对德国人来说也一样。经常来听李登布洛克讲课的人总是很多，但其中有许多人之所以常来，仅仅是为了欣赏教授发火，并以此为乐。

不管怎么样，有一点我永远必须强调：我叔叔是一个名副其实的学者。尽管有时他会因为动作过于鲁莽而把标本弄坏，但他却兼有地质学家的天才和矿物学家的敏锐观察力。在他的锤子、钢钉、磁针、吹管和硝酸瓶子中间，他是一个非常能干的人。他可以根据某一块矿石的裂痕、外表、硬度、熔性、声响、气味和味道，毫不犹豫地判定它在当今科学所发现的六百多种物质中属于哪一类。

所以，在所有学校和国家学术协会里，人们都熟悉李登布洛克的名字。汉弗里·戴维先生①、亚历山大·冯·洪堡先生②，以及约翰·富兰克林③

---

① 汉弗里·戴维（1778—1829），英国化学家和物理学家。

② 亚历山大·冯·洪堡（1769—1859），德国自然学家和旅行家。

③ 约翰·富兰克林爵士（1786—1847），英国航海家、探险家，死于极地考察。

和爱德华·萨宾爵士[1]每次路过汉堡,都不会忘记前来拜访他。另外,安托万·贝克莱尔先生[2]、雅克-约瑟夫·埃贝尔曼先生[3]、戴维·布儒斯特爵士[4]、让-巴蒂斯特·迪马先生[5]、亨利-米尔纳·爱德瓦先生[6]、亨利-艾蒂安·桑特-克莱尔-德维尔先生[7],他们都喜欢向我叔叔请教化学领域里最为棘手的问题。这门科学的许多重大发现都要归功于他;一八五三年,奥托·李登布洛克教授在莱比锡出版了《超结晶学通论》一书,这是一部用对开纸印刷、附铜版纸插图的巨著,但因成本过高,入不敷出。

此外,我叔叔还担任俄国大使斯特鲁夫先生开设的矿物博物馆的馆长,这座博物馆的珍贵藏品享誉整个欧洲。

现在正焦急地向我大喊大叫的就是这位人物。你们可以想象一个高个子男人,他瘦瘦的,身体像铁一般结实,长着一头年轻人的金发,看上去要比他五十多岁的实际年龄小十来岁。他的一双大眼在硕大的眼镜后面不停地转动;细长的鼻子宛如一把锋利的刀片,有些淘气的学生甚至说那是一块磁铁,可以吸起铁屑。这种说法纯属谣言:说实话,他的鼻子只吸鼻烟,只是数量很大而已。

我还要补充一点:我叔叔一步能跨三英尺,而且走路时双拳紧握,这足

---

① 爱德华·萨宾爵士(1788—1883),英国物理学家,研究地球磁场,并赴北极考察。
② 安托万·贝克莱尔(1788—1878),法国物理学家。
③ 雅克-约瑟夫·埃贝尔曼(1814—1852),法国化学家。
④ 戴维·布儒斯特爵士(1781—1868),苏格兰物理学家。
⑤ 让-巴蒂斯特·迪马(1800—1884),法国化学家。
⑥ 亨利-米尔纳·爱德瓦(1800—1885),法国动物学家、生理学家。
⑦ 亨利-艾蒂安·桑特-克莱尔-德维尔(1818—1881),法国化学家。

以说明他暴躁的性格，所以了解他的人都不敢和他接近。

他住在科尼街的这幢小房子里，房子的结构半木半砖，有着锯齿形的山墙；前面是一条蜿蜒曲折的运河，和汉堡旧城的其他运河纵横交错，在一八四二年的那场大火中，这一街区幸运地没有遭到破坏。

的确，这幢老房子有点歪斜，而且中间朝马路凸出；它的屋顶倒向一边，如同美德协会①的学生所戴的帽子；房子的垂直度也不尽如人意；但总的来说，它还算牢固，因为有一棵老榆树深深地嵌在墙面当中，每到春天，这棵树就会把它的花蕾伸进窗口。

我的叔叔不失为一名富有的德国教授。这幢房子完全归他所有，包括住在里面的人。这些人当中有他的教女格劳本，她十七岁，是维尔兰人②；还有女佣玛尔塔和我。由于我是他的侄子，又是一个孤儿，所以就成了他的实验助手。

我承认我已迷上了地质学；我的血管里流着矿物学家的血液，在那些珍贵的石头中间，我从来不会感到厌倦。

总之，尽管科尼街这幢小房子的主人性格急躁，但大家生活在里面都很快乐；因为他虽然态度有点粗暴，却非常爱我。只是这个人不懂得等待，生来是个急性子。

四月份的时候，他在客厅的陶盆里种下了几株木樨和牵牛花，从此他每天早晨都要去拉拉叶子，以便使这些花长得快一点。

---

① 美德协会，德国一政治团体，成立于一八〇八年，旨在鼓舞人民的思想，以此振兴普鲁士。该团体的成员大多是大学生。

② 维尔兰，爱沙尼亚城市名。

对于这样一个怪僻的人,我只能唯命是从。于是我连忙跑进了他的书房。

二

这间书房是一座名副其实的博物馆。所有矿物标本都被贴上了标签,根据不可燃矿物、金属和岩石三大类别,安放得井井有条。

这些矿物学里的小玩意儿我是再熟悉不过了！有多少次,我放弃和我同龄的男孩们胡闹,快乐地为那些石墨、无烟煤、黑煤、褐煤和泥煤擦灰掸尘！还有那些沥青、树脂和有机盐,它们应该一尘不染！还有那些金属矿石,从铁到黄金,它们的相对价值在科学标本的绝对平等地位面前已完全消失！还有所有那些石头,用它们足以再建一幢科尼街的房子,甚至还可以多造一间漂亮的房间,真要是这样,我可就方便得多了！

不过,我走进书房的时候,根本没想这些珍宝,我的脑子里只有叔叔。他坐在那把盖着乌德勒支[①]绒的大扶手椅里,手里拿着一本书,带着极为钦佩的神情端详着它。

① 乌德勒支,荷兰地名,以呢绒制造著名。

“多了不起的书！多了不起的书！”他叫道。

他的赞叹提醒我，李登布洛克教授空闲时还是一位图书收藏家；只是在他眼里，只有那些不易觅得的，至少是难以读懂的书，才是无价之宝。

“怎么！”他对我说，“你没看见这本书？它可是一件稀世珍宝，是我今天上午在犹太人埃弗琉斯的小店里发现的。”

“好极了！”我勉强装出兴奋的样子回答。

说实在的，一本四开本的旧书有什么值得大惊小怪的？书脊和封面似乎是用粗糙的小牛皮做的，书页已经泛黄，还耷拉着一张褪了色的书签。

可是教授的赞美之辞却依然滔滔不绝。

“你看，”他自问自答地说，“这本书漂亮吗？漂亮得惊人！多好的装帧啊！它容易打开吗？容易，因为翻到任何一页纸都不会动！它合得严实吗？严实，因为封面和书页浑然一体，任何一个地方都不会散落和张开！它的书脊经过七百年还没有一条裂痕！啊！这样的装帧就是伯泽里安、克洛斯和普尔高尔德①看了也会感到骄傲的！”

我叔叔一边这样说，一边不停地将旧书翻开又合上。我不得不问他书的内容是什么，尽管我对这个问题丝毫不感兴趣。

“这本奇妙的书叫什么名字？”我急切而兴奋地问，虽然我装得有点过火。

“这部著作，”叔叔激动地回答，“是斯诺尔·图勒松②的《王纪》，他是

---

① 这三人都是十九世纪著名的书籍装帧大师。

② 斯诺尔·图勒松，这一名字系作者笔误，应为斯诺里·斯图吕松（1179—1241），冰岛领主，诗人，他的《王纪》是北欧古代文学的主要著作之一。

十二世纪冰岛的著名作家，讲述的是挪威诸王统治冰岛的编年史！”

“真的！”我尽量装出惊讶的样子喊道，“它一定是德文翻译本了？”

“哼！”教授生气地回答，“翻译本！我要你的翻译本干什么用？谁会来看你的翻译本？这是原本，用冰岛文写的，这种独特的语言既丰富又简洁，它的语法构造形式各异，词汇意义变化多端！”

“和德文一样。”我高兴地插话说。

“不错，”叔叔耸了耸肩，“不过冰岛文的名词和希腊文一样有三重性，专有名词和拉丁文一样可以变化！”

“啊！”尽管我对这本书漠不关心，但还是有点震惊，“书的字体漂亮吗？”

“字体！谁和你谈论字体，可怜的阿克赛尔！你是在说字体吗？啊！你以为这是一本印刷品？这可是一部手稿，傻瓜，是用卢尼字母①写的手稿！”

“卢尼字母？”

“对！现在你该要我为你解释什么是卢尼字母了吧？”

“我才不会呢。”我用一个自尊心受到伤害的人的口气回击他。

可是叔叔变本加厉地继续说着，他不顾我拒绝，向我讲授那些我并不想知道的东西。

“卢尼字母，”他说，“是从前在冰岛使用的一种字母，据说还是天神奥丁②亲自创造的！你看，大逆不道的孩子，好好欣赏一下这些出自于神的想

① 卢尼字母，公元四世纪古代日耳曼人使用的一种文字。

② 奥丁，斯堪的纳维亚神话中的主神，司智慧、诗歌和战争。

象的字母吧!”

说实话,我无言以对,真想伏地而拜,这种回答方式肯定会让天神和国王们高兴,因为这样,他们就永远不会感到难堪了。可是恰恰在这个时候,一个意外改变了我们谈话的进程。

一张满是污垢的羊皮纸从书里滑出来,掉在了地上。

叔叔立刻冲向那张破玩意儿,他的急促是完全可以理解的。在他看来,一份在远古时代就被藏在古书里的文件,一定价值连城。

“这是什么?”他叫道。

与此同时,他小心地在桌上摊开那一小片羊皮纸,纸的长度为五英寸,宽度为三英寸,上面横向排列着一些天书般难懂的文字。

以下就是临摹下来的原文。我之所以坚持要向大家介绍这些古怪的符号,是因为它们后来促使李登布洛克教授和他的侄子作了十九世纪最为离奇的旅行:

教授对这些文字注视了一会儿,然后将眼镜推到额头上:

“这是卢尼字母;它们和斯诺尔·图勒松手稿上的文字完全一致!可是……这些字是什么意思呢?”

我认为卢尼字母是一些学者发明出来让世人为难的,所以看到叔叔对纸上的文字一窍不通——这至少是当我看到他的手指开始剧烈抖动时的想法——我反而有点高兴。

“可这的确是古代冰岛的文字呀!”他从牙缝里自言自语地说道。

李登布洛克教授应该认识这些文字,因为他通晓许多语言。也许他并不能流利地运用地球上的两千多种语言和四千多种土话,但至少他会其中的很大一部分。

面对这样的困难,他当然要尽情流露他的急躁情绪,我已经预见到了那可怕的场面。这时,壁炉上的挂钟敲响了两点。

同时,女佣玛尔塔推开书房的门说:

“午饭准备好了。”

“让午饭去见鬼吧,”叔叔吼道,“让做午饭的人和吃午饭的人都去见鬼!”

玛尔塔落荒而逃。我紧随其后,稀里糊涂地坐到了我在餐厅惯常坐的位子上。

我等了一会儿。教授没来。据我所知,这还是他第一次放弃神圣的午餐。要知道这顿饭有多么丰盛!先是一道香芹汤,接着是火腿煎鸡蛋和豆蔻酸馍,再是小牛肉加糖煮李子卤,甜食是糖渍大虾,用来佐菜的是莫赛尔葡萄酒。

这就是叔叔为了那张旧纸片所付出的代价。说真的,作为他忠诚的侄子,我认为我有义务吃掉这顿午饭,为自己,同时也为他。于是我问心无愧地这样做了。

“我从来没见过这样的事!”女佣玛尔塔不停地唠叨,“李登布洛克先生会不来吃饭!”

“真难以置信。”

“这说明要发生什么大事了!”年老的女佣摇着头说。

可是在我看来,这什么都说明不了,除了当叔叔看到自己的午饭被别人吃了个精光之后会大发雷霆之外。

我正在吃最后那只大虾,突然教授一声吼叫,打断了我品尝甜食的享受。我一下子就从餐厅跳到了书房。

三

“这显然是卢尼字母,”教授皱着眉头说,“不过里面隐藏着一个秘密,我一定会发现它的,否则……”

他以一个猛烈的动作结束了沉思。

“坐到那儿去,”他对我说,并用拳头指着桌子,“你写。”

我立刻做好了准备。

“现在,我要把和那些冰岛文字相对应的德语字母读出来,你边听边记。

然后我们来看结果。不过,看在圣-米歇尔①的面上,别记错了!”

听写开始了。我尽我所能记着。字母被一个接着一个地读出来,组成了以下这些不可理解的文字:

m. rnlls	*esreuel*	*seecJde*
sgtssmf	*unteief*	*niedrke*
kt,samn	*atrateS*	*Saodrrn*
emtnael	*nuaect*	*rrilSa*
Atvaar	*. nscrc*	*ieaabs*
ccdrmi	*eeutul*	*frantu*
dt,iac	*oseibo*	*KediiY*

这项工作完成之后,叔叔立刻把我刚才写的那张纸夺了过去,并且仔细地研究了很长时间。

“这到底是什么意思?”他机械地重复着。

说实话,我无法回答他。再说他也没有问我,只是继续地自言自语着。

“这就是我们所说的密码信,”他说,“信的含义隐藏在这些被故意弄乱的字母当中,要是将它们正确地排列出来,就可以得到一句大家都看得懂的话。我想,说不定这里面包含着和某一重大发现有关的说明或暗示呢!”

我却认为这里面什么含义都没有,不过为了谨慎起见,我没有发表我的观点。

教授拿起那本书和那张羊皮纸,对两者做起了比较。

---

① 圣-米歇尔,基督教里著名的首位天使。

“这两份东西不是出自同一个人之手，”他说，“密码信写在这本书之后，我一眼就找到了一个不可否认的证据。信的起始字母是一个双M，这在图勒松的书里是无论如何找不到的，因为这种写法只是在十四世纪才被冰岛文字所接受。所以，手稿和密码信之间至少有两百年的差距。”

我承认，这个推理比较符合逻辑。

“因此我设想，”叔叔接着说，“这些神秘的符号是这本书的某个收藏者写的。可是这个见鬼的收藏者又是谁呢？他会不会把自己的名字写在这本书的某个地方？”

叔叔又把眼镜推到额头上，拿起一只倍数很大的放大镜，仔细察看起书的头几页来。在第二页的背面，也就是写有副标题的那一页，他发现了一块污迹，粗看就像是一摊墨水渍。可再仔细一看，就能辨认出几个大半被擦去的字母。叔叔知道这是值得注意之处，于是就发奋研究这块污迹，借助那只大倍数放大镜，他终于认出了以下这些符号，并毫不犹豫地读出了这些卢尼字母：

“阿尔纳·萨克努塞姆！”他带着胜利者的口气叫道，“这是一个人的名字，而且是一个冰岛人的名字！他是一位十六世纪的学者，一位著名的炼金术士！”

我以某种钦佩的神情看着叔叔。

“这些炼金术士，”他接着说，“像阿维森纳[①]、弗朗西斯·培根[②]、雷蒙·鲁尔[③]、帕拉塞尔斯[④]，都是他们那个时代真正的、唯一的学者。他们的发现令我们惊讶。为什么这个萨克努塞姆就不可以在这封晦涩难懂的密码信里藏入某个重大发现呢？应该是这样！一定是这样！”

教授的想象力由于这个假设而变得活跃起来。

“不错，”我鼓起勇气回答说，“可是这位学者有什么必要把某个奇妙的发现掩藏起来呢？”

“有什么必要？有什么必要？啊！我怎么知道？伽利略不就是这样把有关土星的发现掩藏起来了吗？不过，走着瞧吧，我一定会破译密码信的秘密的，否则我就不吃饭、不睡觉。”

“噢！”我暗自想。

“你也一样，阿克赛尔。”他接着说。

“见鬼！”我对自己说，“幸亏我午饭吃了两份！”

“首先，”叔叔又说，“必须知道这些密码出自哪种语言。这应该不会困难。”

听到这话，我猛地抬起头来。叔叔继续自言自语道：

“没有比这更容易的事了。密码信里共有一百三十二个字母，其中辅音字母七十九个，元音字母五十三个。这差不多就是南欧语言的构词比例，而

① 阿维森纳(980—1037)，阿拉伯著名医生、哲学家和神秘学家。

② 弗朗西斯·培根(1561—1626)，英国政治家和哲学家。

③ 雷蒙·鲁尔，西班牙卡塔卢尼亚哲学家、神学家、诗人和炼金术士。

④ 帕拉塞尔斯(1493—1541)，瑞士医生、神秘学家和炼金术士。

在北欧语言中，辅音字母要多得多。所以这封信用的是一种南欧语言。”

这一结论非常正确。

“可它是什么语言呢？”

我期待教授解答的就是这个问题，我发现他善于分析。

“这个萨克努塞姆，”他接着说，“是一个学识渊博的人；所以，如果他不用母语写作，那么肯定会首选十六世纪文人常用的语言，也就是拉丁语。要是我猜错了，我就会试试西班牙语、法语、意大利语、希腊语和希伯来语。不过，十六世纪的学者们通常都用拉丁语写作。因此，我有理由首先认定：这是拉丁语。”

我从椅子上跳了起来。想起我学拉丁语时的情景，我要反驳叔叔的这种假设：这些古怪的字怎么可能出自维吉尔[①]所用的美妙语言呢？

“对，是拉丁语，”叔叔又说，“只是他弄乱了前后次序。”

“好极了！”我暗想，“要是你能排列出正确的次序，那就算你聪明，叔叔。”

“让我们来研究一下，”他一边说，一边重新拿起我刚才写的那张纸，“这里有一百三十二个字母，从表面上看，它们无序地排列着。有些词里面只有辅音字母，比如第一个词 m. rnlls，相反，有些词的元音字母则很多，比如第五个词 unteief，或倒数第二个词 oseibo。但是，这种排列方式显然不符合语法规则：这些字母是以数学方式、根据我们所不知道的规律排列起来的。我敢肯定，作者最初写下的是正确的句子，然后他根据某种有待发现的

① 维吉尔（公元前 70—公元前 19），古罗马著名诗人。

规律将字母重新排列。掌握了密码的钥匙，就能顺利地把这封信读出来。可这把钥匙是什么呢？阿克赛尔，你有这把钥匙吗？”

面对这个问题，我一言不发，原因不说大家也能明白。我的眼光落在墙上一幅迷人的画像上，那是格劳本的画像。叔叔的这位养女现在正在阿尔托纳[1]的一个亲戚家里。她不在我很伤心，因为，现在我可以坦白，这个漂亮的维尔兰少女和教授的侄子正以德国人特有的耐心和安详相互恋爱着。我们背着叔叔订了婚，因为他对地质学过于专注，不可能了解我们的感情。格劳本是一个动人的女孩，长着一头金发和一双蓝色的眼睛，性格略嫌稳重和严肃；可她非常爱我。至于我，我对她爱慕得近乎于崇拜，如果日耳曼语允许我用这个动词来形容的话。此时此刻，这位维尔兰少女的倩影把我从现实世界带到了幻觉和回忆之中。

我仿佛重新看到了我在工作和嬉戏时的忠诚伴侣。她每天都帮助我整理叔叔的那些珍贵石头，和我一起往上面贴标签。格劳本小姐是一位了不起的矿物学家！她完全可以与最出色的学者相提并论。她喜欢深究那些疑难的科学问题。我们俩一起学习，度过了多少甜蜜的时光！我经常嫉妒那些石头，它们被她的纤手抚摸着，却一点感觉都没有！

接着，休息的时间到了，我们走出屋子，经过阿尔斯泰的林荫大道，一起朝古老而漆黑的磨坊走去，从湖边看，这座磨坊非常美丽；我们一边走，一边手拉着手谈话。我讲一些趣事给她听，逗她哈哈大笑。就这样，我们来到易北河边，天鹅在硕大的白色睡莲中间游弋着，我们向它们道了晚安，然后就

---

① 阿尔托纳，德国城市，位于易北河畔，距汉堡一公里。

坐汽船回家。

我正沉迷于我的美梦中，突然叔叔用拳头在桌上一击，把我一下子拉回到了现实世界。

“你看，”他说，“我觉得若是一个人想把句子的字母弄乱，那么他首先想到的办法，就是把原先横着写的词竖过来写。”

“是吗！”我心想。

“看看结果如何。阿克赛尔，在这张纸片上随便写一句话；不过不要按前后顺序逐个地排列字母，而是依次将它们垂直地写下来，写五到六行。”

我明白应该怎么做，立刻从上往下写道：

J m n e G e

e e , t r n

t´ b m i a !

a i a t ü

i e p e b

“好，”教授看也不看就说，“现在，把这些词排成一横行。”

我照办了，于是得到了下面这样一句话：

JmneGe ee, trn t'bmia ! aiatü iepeb

“很好！”叔叔说着将纸片从我手里拿了过去，“看上去已经有点像那份古老的密码信了：元音字母和辅音字母的排列都是那么杂乱无章；大写字母和逗号甚至出现在词的中间，这和萨克努塞姆的羊皮纸完全一样！”

我不得不承认叔叔的见解精妙绝伦。

“现在，”叔叔直接对我说，“虽然我不知道你写了些什么，但我要把它读出来。我只需把每一个词的第一个字母按顺序排列在一起,然后以同样的方法排列每个词的第二、第三个字母,以此类推就行了。”

于是他读了起来,结果使他——尤其是使我——大吃一惊:

我非常爱你,我的小格劳本。

“什么!”教授说。

是的,我这个笨手笨脚的恋人在不知不觉中写下了这句泄露天机的话!

“啊! 你爱格劳本?”叔叔用监护人的严厉语气问我。

“是的……不是……”我支吾着。

“啊! 你爱格劳本!”他机械地重复着,“好吧,现在把我们的研究方法运用到那封密码信上去!”

叔叔重新全神贯注地陷入了沉思,他已经忘记了我刚才因疏忽而写下的话。之所以说疏忽,是因为叔叔的学者脑袋无法理解感情方面的事情。不过值得庆幸的是,他已经完全被那封重要的密码信吸引住了。

李登布洛克教授在进行他那项重大实验的时候,双眼在眼镜后面炯炯发光。他用颤动的手指又一次拿起古老的羊皮纸。他非常激动。最后,他用力咳嗽一声,以严肃的口气,将每个词的第一、第二个字母逐一读了出来,并让我记下了以下这段文字:

messunkaSenrA. icefdoK. segnittamurthne

certserrette, rotaivsadua, ednecsedsadne

lacartniiilu Jsiratrac Sarbmutabiledmek

meretarcsiluco YsleffenSnI

我承认,写完最后一个字母以后,我感到很激动;这些被逐个读出来的字母在我看来没有任何意义；于是我盼望着教授能从他的嘴里庄严地吐出一句漂亮的拉丁文来。

可是谁能想到！他狠狠地一拳下来，砸得连桌子都震动了。墨水四处飞溅，我手中的笔也被震落。

“不对！”叔叔叫道，“这毫无意义！”

说着，他像一颗子弹穿过书房，又像雪崩似的下了楼梯，一直冲到科尼街上，撒开双腿跑了。

四

“他走了？”玛尔塔惊叫着跑了过来，她听到了大门被猛地关上的声音，这声音把整座房子都震得颤动起来。

“对，”我回答，“确实走了。”

“是吗！他午饭还没吃呢！”老用人问。

“他不吃了！”

“那晚饭呢？”

“也不吃了。”

“什么？”玛尔塔双手合十说。

“不吃了，我的玛尔塔，他从此再也不吃饭了，这个家里不会有人再吃饭了！李登布洛克叔叔要我们所有人都禁食，直到他解开一个根本就解不开的古老谜语为止！”

“上帝！这么说我们只有饿死这一条路了！”

我不敢说是，以叔叔那种极端的性格，这肯定是我们大家不可避免的命运。

老用人惊慌失措，唉声叹气地回到厨房里去了。

我一个人留在书房，突然萌生一个愿望：去找格劳本，把一切都告诉她。可是我怎么能离开这儿呢？教授随时都可能回来。要是他叫我怎么办？要是他想继续解这个谜怎么办？要知道这样的字谜就是老俄狄浦斯①也未必解得出！要是他叫不到我，那会发生什么事情呢？

最明智的决定还是留下来。正巧，贝藏松②有一位矿物学家最近把他收藏的石英晶石送给了我们，这些晶石都需要归类。于是我就开始工作。我先将它们分类，然后贴上标签，把这些中空的、闪耀着小块水晶的石头放进玻璃橱里。

可是我对这项工作并不专心致志。不知为何，那封古老的密码信一直萦绕在我的心头。我的脑子一片混乱，隐约有一种不祥的感觉。我预感将会有一场灾祸发生。

---

① 俄狄浦斯，希腊神话中底比斯国王拉伊俄斯的儿子。幼时神曾预言他会杀父娶母。成人后他虽想方设法试图逃避命运，但仍无能为力。有一次他路遇女怪斯芬克司，后者给所有的过路者出谜语，若是过路者猜不出，就会被她吃掉，但俄狄浦斯破解了她的谜语。

② 贝藏松，法国西部城市，近瑞士边境。

一个小时后，我的晶石全都整理完毕。于是我便躺在盖着乌德勒支绒的扶手椅上，垂着双臂，头朝后仰着。我点燃我的烟斗，这烟斗又长又弯，烟锅上刻着一个玉体横陈的仙女；为了消遣，我看着烟丝逐渐燃尽，烟慢慢地把仙女熏成一个黑人。我时不时地听一下楼梯上是否有脚步声。没有。我的叔叔现在会在哪儿呢？我想象他在阿尔托纳美丽的林荫道上奔跑，指手画脚地用手杖敲击墙壁，狂暴地挥手抽打并折断野草，把天鹅从静谧的休憩中惊醒。

他回来的时候会是旗开得胜还是满脸沮丧？他和那个秘密究竟谁更厉害？我这样问着自己，无意中拿起了那张纸片，上面列着我写下的那些无法理解的字母。我重复着：

“这到底是什么意思？”

我企图用这些字母组成一些词汇。可办不到！不管我是把字母两个、三个，还是五个或六个组合在一起，它们都不表达任何意思。当然，第十四、十五和十六个字母组成了英语的“冰”（ice）。第八十四、八十五和八十六个字母又组成了英语的“先生”（sir）。此外，在密码信的第三行里，我还看到了拉丁文的“轮子”（rota）、“多变”（mutabile）、“愤怒”（ira）、“不”（nec）、“残酷”（atra）等几个词。

“见鬼，”我心想，“这些拉丁词似乎在证明，叔叔关于密码信所用语言的假设是正确的！”我甚至在第四行还看到了 luco 这个词，意思是“神圣的森林”。不过，我确实也在第三行里发现一个很像希伯来语的词 tabiled；而最后一行的 mers（海）、arc（弓）、mère（母亲）这些词，则又是地地道道的法语了。

这真让人晕头转向！这句荒唐的句子里竟然有四种不同的语言！“冰、先生、愤怒、残酷、神圣的森林、多变、母亲、弓、海”，这些词之间究竟有什么关系？容易让人联想到一起的只有第一个和最后一个词：在一封用冰岛语写的密码信里，出现“冰海”这样的词当然不足为奇。可是要弄懂信的其他内容，就完全是另外一回事了。

我就这样同一个不可逾越的困难斗争着；我的头脑发热，眼睛看着纸片不停地眨动；这一百三十二个字母仿佛在我身边飞舞，就好像那些在我们头顶闪耀的银珠般的星星，令人热血沸腾。

我陷入了某种幻觉；我喘不过气来；我需要空气。我不自觉地把那张纸当作扇子扇起风来，于是纸的正面和反面交替着展现在我的眼前。

在我快速挥动纸片的时候，有一次纸的反面转到了我的眼前。我真是惊讶极了！因为我似乎看到一些字迹非常清晰的词，而且是拉丁词，比如craterem（火山口）和terrestre（地球）！

我的脑海里突然闪过一道灵光；这些词让我隐约看到了真实的答案；我发现了密码的规律。要想弄懂这封信，只要将纸片翻过来读就行了！对。只要这样，只要按照我记下的词的顺序，就能顺利地读出信的内容。教授所有的聪明假设全都变成了现实。关于字母的组合和密码信所用的语言，他的推断是完全正确的！他只要再补充一丁点东西，就能把这句用拉丁语写成的话从头至尾读出来，而这一丁点东西却被我在无意当中发现了！

大家可以想象我是多么激动！我的眼睛模糊起来，简直看不清东西。我把纸片摊在桌上。我只要看它一眼，就能破解其中的秘密。

最后，我终于将激动的情绪平息了下来。我强迫自己在屋子里走了两圈，以恢复冷静，接着又重新坐到那张宽大的扶手椅上。

“读吧。”我深深吸了一大口气，然后叫道。

我伏在桌上，用手指着每一个字母，毫不迟疑地一口气把整个句子高声朗读了出来。

读完这句话，我真是惊恐万状！仿佛突然被人猛击了一下。什么！竟然有人做了我刚才破译的那件事！竟然有人如此大胆，敢到这里面去！

“啊！”我跳起来叫道，“不！不！不能让叔叔知道这事！他如果知道这次旅行的话将会糟糕透顶！他肯定会尝试着去做同样的事情！任何东西都拦不住他！他是个固执的地质学家！他会不顾一切、不计后果地去的！而且他会把我带上，这样我们就回不来了！永远回不来了！”

我的情绪异常激动，难以名状。

“不！不！不能让他知道，”我坚决地说，“既然我能够阻止这个暴君想到真实答案，我就必须去做。要是他把这张纸片翻来覆去，早晚会在偶然中发现这个秘密的！我要把它毁掉。”

壁炉里还有一点余火。我不仅拿起那张纸片，而且还拿起萨克努塞姆的羊皮纸；我焦躁不安地伸出手去，准备把这一切投到火里，毁掉这个危险的秘密，可就在这时，书房的门突然开了。叔叔回来了。

五

我连忙把这封倒霉的密码信放回桌子。

李登布洛克教授似乎仍然全神贯注地思索着。他的脑子一刻不停地想着那封信;他在散步的时候肯定做了仔细的分析研究,并且发挥了他所有的想象力,现在他要回来试验某一个新的解决方案了。

果然,他坐到扶手椅上,拿起笔,开始写一些类似代数计算的公式。

我看着他那颤抖的手,注视着他的每一个动作。他会不会突然发现什么意外的结果?我莫名其妙地抖着,因为我已经找到了真正的、而且是“唯一”的答案,所以其他任何解决方案都将是徒劳的。

在漫长的三个小时里,叔叔一直在工作,他一言不发,连头也不抬一下,只是不停地把写在纸上的东西划去、重写、再划去、再重写。

我明白,要是他能把这些字母按所有可能出现的次序排列,那么他肯定能读出这句句子。可我也知道,单是二十个字母就可以有2,432,902,008,176,640,000种排列方式。而这句话里有一百三十二个字母,这些字母经过排列组合之后可能构成的句子,其数量简直无法计算,而且超乎想象。

看到叔叔这种英勇无畏的解决问题的方式,我感到一丝安慰。

时间在流逝;夜幕降临了;街上的喧嚣也逐渐平息;可叔叔一直埋头工作着,对其他事不闻不问,甚至没有看见玛尔塔推门而入,也没有听见这位可敬的女佣说:

“先生今晚用餐吗?”

玛尔塔得不到回答,就走了。我在坚持了一阵之后,终于挡不住袭来的倦意,在沙发上睡着了,而李登布洛克叔叔却依然在算着、划着。

我第二天醒来时,这位不知疲倦的人还在工作。他双眼通红,脸色苍白,头发被他那焦躁的手弄得凌乱不堪,脸颊也涨得发紫,这一切都说明他同那个不可逾越的难题作了多么可怕的斗争;在过去的一个晚上,他花了多大的心事,费了多少脑筋!

说真的,我有点可怜他。尽管我觉得有理由责怪他,但还是感到一阵激动。这个可怜的人对自己的想法如此执着,以至于忘记了发火。他所有的精力都集中到了一点上,由于找不到正常的发泄途径,我怕这种压力随时都会爆发出来。

只要我做一个动作,说一句话,就能松开套在他头上的铁箍!但我没有这样做。

我也是出于好意。为什么在这种情况下我还要保持沉默?当然是为了叔叔的利益。

“不,不,”我反复说,“不能告诉他!他肯定会去的,我了解他;任何事情都不能阻止他。他的想象力如火山一样强烈,为了做其他地质学家没有做过的事,他会拿生命去冒险。我必须沉默;我要把这个偶然发现的秘密藏在心底!告诉他等于是在谋害他!要是他猜得出来,就让他猜吧。我不想有朝一日因为把他引上绝路而后悔!”

我做出这一决定之后,就开始袖手旁观。可是我没有料到发生在几个小时之后的一个意外。

女佣玛尔塔在准备出去买菜时,发现大门锁着。钥匙也不在锁上。是谁拿走的呢?显然是我叔叔昨晚匆忙散完步回来时拿走的。

他这样做是有心还是无意?难道他要让我们挨饿吗?我觉得这样的话未免有点过分了!难道我和玛尔塔将要成为一件和我们毫不相干的事情的牺牲品?我理所当然地想起一件令我们心惊胆战的事来。那是几年前,当时叔叔正致力于他那伟大的矿物分类工作,他有四十八小时没吃饭,全家人被迫陪他一起为科学而禁食。为此,我这个食欲旺盛的年轻人还得了不那么令人愉快的胃痉挛。

看来,今天的午饭似乎要和昨天的晚饭一样泡汤了。但是,我决心表现得英勇一点,不在饥饿面前退缩。玛尔塔却把问题看得很严重,感到非常伤心。我倒是觉得出不了家门的问题更严重,原因不说大家也能明白。

叔叔仍然在工作;他完全沉浸在各种各样的解答方案之中;尽管他生活在人间,但完全不食人间烟火。

中午时分,饥饿使我感到针扎一般难受。昨天晚上,无辜的玛尔塔把食品橱里剩下的饭菜一扫而光;家里什么吃的都没有了。不过我还是坚持着。这事关我的荣誉。

下午两点。情况变得非常荒唐,甚至难以忍受。我双眼圆睁,开始对自己说,我夸大了这封密码信的重要性;叔叔是不会相信它的;他会认为这仅仅是一场骗局;做最坏的打算,哪怕他想去冒险,我也会把他拦住;再说,他完全可能自己发现解开密码的钥匙,那我可就是白饿一场了。

我昨天对这些借口还不屑一顾,可今天却认为它们非常有道理了;我甚至认为等这么长时间根本就是一个荒诞的举动,我决定把一切都告诉他。

我正想找一种不太突然的方式切入话题,教授站了起来,戴上帽子,准备出去。

什么！他又要出门,把我们关在家里！不行!

"叔叔。"我说。

他似乎没有听见。

"李登布洛克叔叔!"我提高嗓门又叫了一次。

"嗯?"他好像突然醒来一般。

"那钥匙怎么样?"

"什么钥匙？大门钥匙吗?"

"不,"我喊着说,"密码信的钥匙!"

教授透过眼镜看着我,他显然意识到我的表情有点特殊,因为他用力抓住我的胳膊,说不出话来,用眼光询问着我。然而,他的疑问是再明显不过了。

我点了点头。

他怜悯地摇了摇头,仿佛我是个疯子。

我更加肯定地点了点头。

他的眼睛突然发出强烈的光芒;抓住我胳膊的手变得可怕起来。

在这种情况下,即使最无动于衷的旁观者也会被这无声的对话吸引。我真的连一句话都不敢说,我害怕叔叔会兴奋得在拥抱我时把我掐死。但他是如此急切，所以我不得不回答。

“对，这钥匙！……我偶然……”

“你说什么？”他叫道，激动得无法形容。

“你看，”我一边说，一边把我写过字的纸片交给他，“你读读看。”

“可这没有任何意思！”他把纸片揉成一团，说道。

“如果从头开始读，的确没有意思，可如果从后面开始……”

我还没把话说完，教授就叫了起来，这不是叫，简直就是吼！他的脑海里突然闪过一个念头，脸都扭曲了。

“啊！聪明的萨克努塞姆！”他叫道，“难道你是把你的话反过来写的吗？”

他冲到纸片面前，眼光模糊、嗓音激动地由下而上读完了整封密码信。

信是这样写的：

> In Sneffels Yoculis craterem kem delibat umbra Scartaris Julii intra calendas descende, audas viator, et terrestre centrum attinges. Kod feci. Arne Saknussemm.

这句蹩脚的拉丁语可以译成：

> **在七月来临之前，斯卡尔塔里斯的影子会落在斯奈菲尔的约库尔火山口，从这个火山口下去，勇敢的旅行者，你可以到达地心。我已经到过了。阿尔纳·萨克努塞姆。**

读完这句话，叔叔像触电似的突然跳了起来。他因为勇气、快乐和信心而变得激动异常。他走来走去，双手抱着头，搬动着椅子，把书叠起来，令人难以置信地抛着他那些珍贵的水晶石；他这里打一拳，那里拍一下。最后，他终于平静下来，如同一个筋疲力尽的人，倒在扶手椅里。

“现在几点了？”他沉默了几分钟，然后问。

“三点钟。”我回答。

“是吗！我的午饭已经消化完了。我饿死了。开饭。然后再……”

“然后？”

“然后你给我准备行李。”

“什么？”我叫道。

“还有你自己的。”无情的教授一边说，一边走进了餐厅。

六

听到这话，我浑身一阵颤抖。但我忍住了，我甚至决定装出若无其事的样子。只有科学的论据才能阻止李登布洛克教授。这样的论据有很多，而且很有说服力，足以证明这种旅行是不可能的。到地心去！多么疯狂的念头！我要在适当的时候施展我的辩术，先吃了饭再说。

我想我不用重复叔叔在空空如也的餐桌前所发出的诅咒。事情很快得到了解释。女佣玛尔塔重新获得了自由。她跑着去了菜场，动作如此之快，以至于一个小时之后，我的饥饿就被平息了，我又回到了现实之中。

吃饭的时候，叔叔显得很愉快；还开了一些无伤大雅、又不失学者风度的玩笑。吃完甜点后，他做了一个手势，让我跟他去书房。

我跟他去了。他在写字台的一头坐下，我则坐在另一头。

“阿克赛尔，”他温和地说，“你是个聪明的孩子；你在我感到绝望、准备放弃的时候，你帮了我一个大忙。否则我不知道要枉费多少心机！我不会忘记这件事的，孩子，你将和我分享我们一起获得的荣耀。”

行了，我想，他心情不错；该和他讨论一下所谓的荣耀了。

“最重要的，”叔叔继续说，“我提醒你要绝对保守秘密，懂吗？学术界有许多嫉妒我的人，他们中有很多人都想做一次这样的旅行，但他们必须等我们回来之后才能知道这个秘密。”

“你认为，”我说，“真有这么多勇敢的人吗？”

“当然！有谁会在这样的荣耀面前犹豫不决？要是这封密码信被公开，会有整整一个军的地质学家去追寻阿尔纳·萨克努塞姆的足迹！”

“我不相信，叔叔，因为没有任何东西能证明这封密码信的真实性。”

“怎么！那么那本书呢？我们是在书里发现这封信的。”

“我相信那些话是这个萨克努塞姆写的，但这并不说明他真的做过这次旅行，这张古老的羊皮纸会不会是在故弄玄虚？”

最后一句话有点冒失，我几乎后悔说了它。教授皱起了浓眉，我担心会搞砸这场谈话。幸亏没什么事。我这位严肃的对话者嘴上露出一丝微笑，回答我说：

“我们以后会知道的。”

“啊!”我有点恼火了,“请允许我把有关密码信的所有不同意见说完。”

“说吧,孩子,别不好意思。你有发表意见的自由。你已经不是我的侄子了,你是我的同事。说吧。”

“好,我首先要知道约库尔、斯奈菲尔和斯卡尔塔里斯是什么意思,我从来没听说过这些词。”

“这个问题太容易了。最近,我在莱比锡的朋友奥古斯特·彼德曼送给我一张地图;它来得太及时了。你把书橱第二栏第四格Z字头的第三本地图册拿给我。”

我站起身来,根据这个明确的指示,很快找到了所需的地图。叔叔打开地图,说道:

“这是冰岛最好的地图之一,是安德森绘制的,我想它能解答你所有的疑难。”

我俯身看着地图。

“你看这座由火山构成的岛屿,”教授说,“注意这些火山都被称为约库尔。这个词在冰岛语里意思是‘冰川’,由于冰岛纬度很高,所以那里的火山爆发都必须穿过冰层,因此约库尔就被用来称呼岛上所有的火山。”

“那么,”我答道,“斯奈菲尔是什么呢?”

我希望这个问题得不到回答。可是我想错了。叔叔继续说:

“你沿着冰岛的西海岸看。看到它的首都雷克雅未克了吗?看到了?好。在受到海水侵蚀的海岸线上,有着数不清的峡湾,你顺着这些峡湾往上,把你的目光停留在北纬六十五度不到一点的地方。你看到什么?”

“一座半岛,形状就像是一根被去掉肉的骨头,顶端犹如一块巨大的膝盖骨。”

“比喻得非常贴切，孩子；现在，你在这块膝盖骨上看到什么东西没有?”

“看到了，有一座看似伸进大海的山。”

“对！这就是斯奈菲尔。”

“斯奈菲尔?”

“正是，它高达五千英尺，是冰岛最著名的山峰之一，要是通过它的火山口能直抵地心，那么它一定是整个地球上最著名的山峰了。”

“这是不可能的!”我叫着耸了耸肩，表示反对这种假设。

“不可能!”李登布洛克教授严肃地回答，“为什么?”

“因为火山口肯定被熔岩和滚烫的岩石堵着，所以……”

“要是这是一座死火山呢?”

“死火山?”

“对。目前地球表面处于活动状态的火山总共只有三百座左右；大量的火山都是死火山。而斯奈菲尔就属于后者，自从有历史记载以来，它只喷发过一次，那是在一二一九年；此后它便逐渐平静下来，不再属于活火山了。”

面对这番肯定的论证，我哑口无言；只好把话题转到密码信的其他疑点上。

“斯卡尔塔里斯是什么意思?”我问，“它和七月又有什么关系?”

叔叔思考了一会儿。一时间我感到了希望，可这希望转眼即逝，因为他马上回答我说：

“你眼中的疑点对我来说是非常明白的事情。这说明萨克努塞姆希望以一种巧妙的方式把他的发现告诉我们。斯奈菲尔由好几个火山口组成;因此有必要指明其中通往地心的那一个。那位聪明的冰岛人是如何做到这一点的呢?他发现,将近七月的时候,也就是在六月的最后几天里,这座山的一座山峰斯卡尔塔里斯的阴影会落在那个火山口上,于是他就把这个现象写进了密码信。还能有什么比这个提示更加明确呢?这样,当我们到达斯奈菲尔山顶的时候,就不用为应该走哪条路而犹豫了。"

总之,叔叔解答了所有的问题。我明白,要想就这张古老的羊皮纸的内容难倒他是不可能的。于是我不再在这方面向他施加压力,不过我还是必须说服他,所以就提出了一些学术方面的不同意见,我觉得这些意见更有说服力。

"好吧,"我说,"我不得不承认,萨克努塞姆的话非常明白,没有任何可疑之处。我甚至同意密码信是完全真实可靠的。这位学者真的到过斯奈菲尔火山的底部;也真的看到过斯卡尔塔里斯的阴影在七月即将来临的时候落在火山口的边缘;他甚至真的从他那个时代的传说中听说过这个火山口可以通往地心;不过,至于他本人是否真的到过地心、到了地心之后是否还能生还,我觉得这是不可能的,绝对不可能。"

"为什么?"叔叔带着特别嘲讽的语气说。

"因为所有的科学理论都证明这样的旅行是办不到的!"

"所有的埋论都能证明吗?"叔叔装出一副天真的样子问道,"啊!可恶的理论!它们真是碍手碍脚!"

我发现他在揶揄我,不过我还是继续说道:

"不错!大家都知道,从地球表面往下,每下去七十英尺,温度就会上升一度；如果温度和深度的这种比例关系恒定不变的话，那么由于地球的半径是三千七百五十英里，所以地心的温度要超过二十万度。因此，地球内部所有的物质都是以炙热气体的形式存在着的，即使是一般的金属、黄金、白金和最为坚硬的岩石，都不能抵御这样的高温。所以我完全有理由问：到这样的地方去，这可能吗？”

“这么说，阿克赛尔，是高温令你感到困惑了？”

“是的。只要我们下到二十五英里的深度，就会到达地壳的尽头，因为那里的温度已经超过一千三百度了。”

“你害怕被熔化了？”

“这个问题还是留给你回答吧。”我发着脾气说。

“我的回答是这样的，”李登布洛克教授带着高人一等的神情反驳道，“鉴于人类只是勉强了解了地球半径千分之十二的情况，所以你和任何人都不清楚地球内部所发生的事情；因此科学有待完善，所有的理论都在不断地被新的理论所打破。在傅立叶①之前，人们不是一直认为星际空间的温度是在递减的吗？而我们今天却知道，宇宙间最低的温度不会低于零下四十到五十度。那么地球内部的温度为什么不也是如此呢？在某个深度上，它完全可以达到一个极限，而不再升高到某个足以使最为耐热的金属都被熔化的温度。”

既然叔叔把问题放到了一个假设的领域，我也就无话可说了。

---

① 傅立叶(1768—1830)，法国数学家。

“我告诉你，一些真正的学者，包括布瓦松[①]在内，他们已经证明，如果地球内部真的存在二十万度的高温，那么被熔化的物质所产生的炙热气体就会具有一股地壳所无法抵挡的弹力，地壳会像锅炉的外壳在蒸气的作用下那样，发生爆炸。”

“这仅仅是布瓦松的看法罢了，叔叔。”

“不错，可这也是其他著名地质学家的看法，他们认为，构成地球内部的既不是气体，也不是水，更不是我们所知道的沉重的石头，否则地球的重量会比现在轻两倍。”

“啊！数字可以证明一切你想证明的东西。”

“事实难道不也一样吗，孩子？自地球诞生至今，火山的数量不是一直在减少吗？难道我们不能由此证明，即使地球内部存在热量，它也在不断地减弱吗？”

“叔叔，如果你总是做假设的话，我和你就没什么可谈的了。”

“但我必须告诉你，我的看法得到了许多资深学者的赞同。你还记得著名英国化学家亨弗里·戴维一八二五年对我的拜访吗？”

“当然不记得，因为我是在那次拜访后十九年才降临到这个世界上来的。”

“亨弗里·戴维路过汉堡的时候拜访了我。我们谈了很久，在众多问题中，我们也谈到了地球核心是否有液体的假设。我们一致认为这种液体不可能存在，我们的根据目前还没有任何一种科学理论能驳倒。”

---

① 布瓦松(1781—1840)，法国数学家。

“什么理由?”我有点惊异地问。

“因为这种液体会像海洋一样,受到月球引力的影响,这样,地球内部每天就会产生两次潮汐,潮汐在掀动地壳的过程中,会引起周期性的地震!”

“可是,地球表面曾明显地发生过燃烧,因此,我们可以假设地球的外壳最先得到冷却,而内部则还蕴藏着热量。”

“错了,”叔叔回答说,“地球变热是由于表面的燃烧,而不是其他原因。这层表面由大量的金属物质构成,比如钠和钾,它们只要遇到空气和水就会燃烧;当大气中的水蒸气以雨水的形式降到地面时,这些金属物质便会起火;雨水逐渐深入地壳的缝隙,引起了新的燃烧,造成爆炸和火山喷发。这就是为什么在地球形成的初期会有如此众多的火山。”

“多么聪明的假设!”我情不自禁地叫道。

“亨弗里·戴维用一个非常简单的实验证明了这种假设。他用我刚才提到的两种金属做了一个圆球,代表地球;当他把一小滴水珠落在球的表面时,后者立刻发生膨胀、氧化,形成一座小山;山顶裂为一个火山口;火山爆发也随之发生,并且把热量传到整个球体,以至于球烫得无法用手去拿。”

说真的,我开始被教授的论据所动摇;何况这些论据由于他惯有的激情和活力而变得更加具有说服力。

“你看,阿克赛尔,”他补充道,“地质学家们对地核的状态有着不同的假设;关于地心存在热量的说法也没有得到任何证明;在我看来,这种热量并不存在,也不可能存在;再说,这一点我们以后会知道的,我们会像阿尔纳·萨克努塞姆一样去搞清楚这个问题。”

“对!”我回答说,我觉得自己也被这种热情所感染,“我们会知道的,如果在地心我们的眼睛能看得见的话。”

“为什么不能呢？我们可以借助电的现象来照明，在接近地心的时候，甚至还可以利用大气压力所产生的光亮。”

“对，”我说，“对，不管怎样，这是有可能的。”

“当然，”叔叔带着胜利的口吻回答说，“不过不要声张，听见吗？必须对这一切保密，不能让任何人产生和我们一起去探索地心的念头。”

七

这次难忘的谈话就这样结束了。它使我热血沸腾。我走出叔叔的书房时感到有些晕晕乎乎，汉堡的马路上没有足够的空气让我的头脑恢复清醒。于是我就朝易北河畔的蒸汽渡轮码头走去，这条渡轮把汉堡市和哈尔堡的铁路连接了起来。

难道我真的相信刚才听到的这一切？我是不是受到了李登布洛克教授的感染？他去地心的决定是不是当真？我听到的话是一个疯子毫无意义的胡言乱语，还是一个伟大天才的科学推断？所有这一切哪些是真理，哪些是谬误？

我在成千上百个相互矛盾的假设之间摇摆不定，始终无法得出结论。

不过，我记得尽管我的热情开始减退，但我还是被说服了；我真的希望立刻动身，不要花时间去考虑。是的，要是当时马上打点行李的话，我还是有勇气的。

可我必须承认，一个小时之后，我那极度兴奋的感觉已经消失得无影无踪；我的神经变得放松，我从地球深处重新回到了地面。

“真荒唐！”我叫道，“这毫无意义！他不应该对一个理智的男孩提这种不严肃的建议。这一切都是假的。是我没有睡好，做了一场噩梦。”

我沿易北河畔走着，绕到了城市的另一边。顺着港口走了一段路之后，我来到通往阿尔托纳的公路上。有一种预感支配着我，这种预感不久就得到了证实，因为我看到我的小格劳本迈着轻盈的步伐，神情专注地朝汉堡赶来。

“格劳本！”我很远就向她叫道。

女孩停了下来，听到有人在马路上这样大声叫她，她显然感到有点诧异。我三步并作两步跑到她的身边。

“阿克赛尔！”她惊讶地叫道，“啊！你是来接我的！一定是，对吗？”

可她看了我一会儿之后，就发现我有点焦急不安。

“你怎么了？”她向我伸出手说道。

“是这样，格劳本！”我大声叫着说。

三言两语之后，这位漂亮的维尔兰少女就明白了事情的来龙去脉。她沉默了一段时间。我不知道她的心是否在和我一样地跳动？但她被我握着的手却并没有颤抖。我们一言不发地走了一百来步路。

“阿克赛尔！”她终于对我说。

“亲爱的格劳本!”

“这将是一次美妙的旅行。”

听到这话,我惊得跳了起来。

“是的,阿克赛尔,你是学者的侄子,这次旅行完全配得上你的身份。一个人能用某项壮举使自己区别于他人,这是件好事。”

“什么!格劳本,你不反对我做这样的旅行?”

“不,亲爱的阿克赛尔,要是你和你叔叔不嫌我这个可怜的女孩累赘,我会非常乐意地和你们一起去的。”

“你说的是真话?”

“是真话。”

啊!女人,姑娘,你们的心总是那么难以捉摸!你们要么是最胆小的人,要么是最勇敢的人!理智对你们无能为力。什么!这个少女正在鼓励我做这次旅行!而且她自己也毫无惧色地想去冒这次险!她在怂恿我,要知道我是她的爱人!

我感到张皇,甚至可以说羞愧。

“格劳本,”我继续说,“我要看你明天是否还会这样说。”

“亲爱的阿克赛尔,明天我会和今天说同样的话。”

我和格劳本手拉着手,默默地继续走着。白天的冲动使我感到精疲力竭。

“反正,”我心想,“七月份还早着呢,这段时间里会发生很多事情,它们会让叔叔打消去地心旅行的狂热想法。”

我们回到科尼街的时候,天已经黑了。我以为房子里会一片寂静,叔叔会像平常那样早早地上床睡觉，玛尔塔会在餐厅里做最后的清扫工作。

可是，我低估了教授的急性子。我看见他在大喊大叫，挥舞着双臂向那些正在石子路上卸货的搬运工人发号施令；而老用人则忙得团团转。

“过来，阿克赛尔；快点，你这个傻瓜！”叔叔一看到我，就大声叫道，“你的行李还没打好，我的证件也没办妥，旅行袋的钥匙不见了，还有我的护腿到现在还没送来！”

我惊得目瞪口呆，连话都说不出，勉强从嘴里挤出几个词来：

“我们这就走？”

“对，傻小子，你现在先去散散步，别待在这儿。”

“我们这就走？”我有气无力地重复着。

“对，后天早晨，一早出发。”

我再也听不下去了，逃进了我的小房间。

毫无疑问，叔叔利用下午的时间购置了一部分旅行所需的物品和用具；石子路上堆满了绳梯、结绳、火炬、水壶、铁钩、铁棒、十字镐等，够十个人搬的了。

我熬过了一个可怕的夜晚。第二天，我很早就被叫了起来。我原先打算不开门。可是我如何抗拒得了那温柔的声音“亲爱的阿克赛尔”？

我走出房间。我以为我萎靡的精神、苍白的面孔，以及因失眠而发红的眼睛会产生效果，让格劳本改变主意。

“啊！我亲爱的阿克赛尔，”她对我说，“我看你现在好些了，夜晚使你镇静了下来。”

“镇静！”我叫道。

我冲到镜子前。真的！我的脸色没有想象的那样糟糕。简直难以置信。

“阿克赛尔,”格劳本说,“我和我的监护人谈了很久。他是一个勇敢的学者,一个伟大的人物,别忘了你的血管里也流有他的血。他把他的计划、打算、为什么以及如何达到目的全都告诉了我。他一定会成功的,我深信。啊！亲爱的阿克赛尔,像他那样献身于科学有多好！等待着李登布洛克先生和他同伴的,将是多么大的荣誉！当你回来的时候,阿克赛尔,你将是一个和他平起平坐的伟人,可以随心所欲地说话、做事,还可以随心所欲地……”

少女的脸红了,没有说下去。她的话使我振作起来。可我还是不愿相信我们就要走了。我把格劳本拉到教授的书房里。

“叔叔,”我说,“这么说我们真的要出发了吗?”

“怎么！你还不信?”

“不,”为了不使他生气,我这样说道,“我只是想知道我们为什么这样急?”

“是因为时间！飞速流逝的时间!”

“可今天才五月二十六日,离六月底……”

“傻瓜,难道你以为去冰岛就这么容易吗？要是你昨天没有像疯子一样地出去,我会带你去哥本哈根旅游局驻利芬德公司的办事处。在那儿你会看到,从哥本哈根到雷克雅未克每月只有二十二日这一班船。”

“那又怎么样?”

“怎么样！要是我们等到六月二十二日,就来不及看到斯卡尔塔里斯的影子投射在斯奈菲尔的火山口上了！所以我们必须尽快去哥本哈根找一条船。快去准备行李吧！”

我无话可说，回到了自己的房间。格劳本跟着我。她把我旅行用得着的东西都井井有条地放进一个小箱子。她一点都不激动，仿佛我去的只是吕贝克[①]或赫尔戈兰[②]。她的小手不慌不忙地来回移动着。她平静地和我说着话，为我的远行寻找着最合乎情理的理由。我被她迷住了，同时对她非常恼火。有好几次我都想把火发出来，可她对此却全然不觉，继续安静而有条不紊地干着她的活儿。

终于，箱子的最后一根皮带也系好了。我走下楼梯。

这一天，上门送器械、武器、电具的人络绎不绝，把女佣玛尔塔忙得晕头转向。

“先生是不是疯了？”她问我。

我肯定地点了点头。

“他要带你一起去？”

我把刚才的动作重复了一遍。

“你们要上哪儿去？”

我用手指了指地心。

“地窖？”老用人大声叫道。

“不，”我终于开口了，“还要往下。”

---

① 吕贝克，德国北部小城。

② 赫尔戈兰，小岛名，位于北海。

夜幕降临了。我似乎忘记了时间的流逝。

“明天早晨，”叔叔说，“我们六点整出发。”

十点钟，我像一块木头似的倒在了床上。

半夜里，我又害怕起来。

整整一夜，我老是梦见深渊！我简直神志不清。我觉得教授那双粗壮有力的手掐着我、拖着我，把我拖向深渊，使我陷于困境！我就像被抛弃在宇宙空间里的物体一样，飞速地坠入深不可测的悬崖。仿佛我的生命就是一次漫无止境的下坠。

清晨五点，我醒了过来，感觉既疲乏又激动。我下楼来到餐厅。叔叔已经坐在那儿狼吞虎咽了。我恐惧地看着他。可是格劳本也在。我一言不发。也吃不下。

五点半，街上传来了车轮的滚动声。一辆大车来接我们去阿尔托纳火车站。不一会儿，车上就堆满了叔叔的行李。

“你的箱子呢?”他问我。

“准备好了。”我有气无力地回答。

“马上把它搬下来，不然就要误火车了!”

看来我是不可能和命运抗争了。我上楼来到我的房间，把我的箱子从楼梯的台阶上滑下，自己随后跟了下来。

这时，叔叔郑重其事地把房子的管理大权交给了格劳本。我的维尔兰美人仍然保持着她惯有的平静。她吻过了她的监护人，可当她那温柔的双唇轻轻掠过我的脸颊时，她的泪水再也忍不住了。

“格劳本!”我叫道。

“去吧，亲爱的阿克赛尔，去吧，”她说，“你现在离开的是你的未婚妻，可等你回来的时候，你见到的将是你的妻子。”

我和格劳本紧紧拥抱之后，就上了马车。玛尔塔和女孩站在门口，向我们作最后的告别。接着，两匹马在赶车人口哨的催促下，飞速朝通往阿尔托纳的公路驰去。

八

阿尔托纳实际上是汉堡的郊区，也是通往基尔[①]的铁路线的起点，经由这条铁路线，我们可以到达贝尔特海峡[②]。不到二十分钟，我们已经进入了荷尔斯泰因[③]的地界。

六点半，马车到达火车站；叔叔那些又多又重的行李被卸下车、运去过磅，然后贴上标签，再装上行李车。七点钟，我们已经面对面地坐在同一节车厢里了。随着汽笛的鸣叫，火车开动，我们正式出发了。

---

① 基尔，德国北部沿波罗的海的重要港口。

② 贝尔特海峡，位于丹麦境内，是连接北海和波罗的海的重要通道，东宽西窄，分别被称为大、小贝尔特海峡。

③ 荷尔斯泰因，位于德国北部。

我是不是屈服了？还没有。不过早晨清新的空气和窗外由于火车快速运动而不断变化的景色分散了我的注意力。

教授的思想显然已经跑到了火车的前面，和他的急躁相比，火车真是开得太慢了。车厢里只有我们两个人，可我们谁也不说话。叔叔极其仔细地重新检查着他的衣袋和旅行包。我看到他没有漏掉任何实施计划所必需的物品。

在这些物品当中，有一张折叠得非常仔细的纸，抬头是丹麦领事馆办公室，落款是丹麦驻汉堡领事、教授的朋友克里斯蒂安森先生。这张纸能使我们在哥本哈根得到很多方便，并能把我们介绍给冰岛总督。

我同样也看到了那封著名的密码信，它被小心翼翼地藏在钱包最隐秘的地方。我从心底里诅咒这封信，然后就重新开始欣赏风景。窗外是一大片平淡无奇、单调乏味的平原，但却积满了淤泥，非常肥沃；这种地形对于铺设铁路线非常有利，特别有利于铁路公司梦寐以求的笔直的铁路线。

不过这单调的风景并未来得及使我感到疲倦，因为我们出发后三个小时，火车就在离大海咫尺之遥的基尔停了下来。

我们的行李一直要托运到哥本哈根，所以用不着操心。可是，教授仍然焦急地注视着它们被装上汽船，然后被运入舱底。

在匆忙当中，教授弄错了火车换乘汽船的时刻表，以至于我们整整浪费了一天时间。爱尔诺拉号汽船要到晚上才开，因此我们不得不再等九个小时。在这段令人发狂的时间里，暴怒的教授将轮船和铁路的管理机构以及对这种流弊睁一只眼闭一只眼的政府骂了个狗血喷头。他在与爱尔诺拉号船长谈起此事的时候，我也在一旁随声附和。他想强迫后者立刻点火起航，可后者却无动于衷。

无论是在基尔还是在其他地方，我们总得要把这一天混过去。于是我们在小城旁边郁郁葱葱的海湾散散步，走遍了样子像枝杈丛中的鸟窝的茂密树林，参观了一些带有小冷水浴房的别墅，最后还到处闲逛并抱怨了一阵，终于熬到了晚上十点钟。

爱尔诺拉号的烟囱里冒出了滚滚浓烟；锅炉的响声震撼着甲板；我们上了船，并且在全船唯一的客舱里占据了上下两张卧铺。

十点一刻，船上所有缆绳都被松开，汽船迅速地行驶在大贝尔特海峡的黑色水面上。

夜色深沉；微风习习，海浪汹涌；岸上有几点灯火在黑夜中闪烁着；过了一会儿，不知从哪儿冒出一座灯塔，把波涛照耀得光彩夺目。这就是我所能回忆起的那第一次渡海的情景。

早晨七点，我们在考色尔①登陆，这座小城位于西兰岛②的西海岸。在那里，我们又登上了另一列火车，它带着我们穿过了一个和荷尔斯泰因乡村同样平坦的地区。

在到达丹麦首都之前，我们还有三个小时的旅程。叔叔整整一夜都没合眼。我猜他焦急的时候，肯定恨不得自己推着火车前进。

最后他终于看到了一片大海。

“森德海峡③！”他叫道。

---

① 考色尔，丹麦城市，位于西兰岛，是贝尔特海峡沿岸的港口。

② 西兰岛，位于丹麦东部，是该国的主要岛屿之一。

③ 森德海峡，位于丹麦的西兰岛和瑞典之间，连接波罗的海和卡特加特海峡。

我们的左边有一座巨大的建筑，看上去就像一家医院。

“那是一家疯人院。”一位旅伴告诉我们。

“好，”我心想，“说不定我们就会在这里面度过余生！这所医院就算再大，也装不下李登布洛克教授的那些疯狂念头！”

上午十点，我们终于踏上了哥本哈根的土地；马车把我们和行李带到了布莱德加尔的凤凰旅馆。路上用了半小时，因为火车站坐落在市郊。叔叔匆匆上完厕所，然后就拉着我出去。旅馆的门房会说德语和英语；可我们这位会说几国语言的教授却用流利的丹麦语向他提问，而后者也以同样流利的丹麦语告诉了他北欧古董博物馆的位置。

这座奇特的博物馆里堆满了宝物，那些石制的武器、酒杯和首饰完全可以为我们再现这个国家的历史。博物馆馆长汤姆逊先生是一位学者，也是丹麦驻汉堡领事的朋友。

叔叔给了他一封热情洋溢的介绍信。通常来说，学者对学者总是相当冷淡的。可在这儿却完全不同。汤姆逊先生是一个乐于助人的人，他热情地接待了李登布洛克教授和他的侄子。我们简直不用在这位博物馆馆长面前保守秘密。我们只不过是两个漫不经心的游客，去冰岛观光而已。

汤姆逊先生全身心地为我们提供帮助，他带我们去码头寻找开往冰岛的船只。

我希望我们一只船都找不到，可事与愿违。有一艘名为瓦尔基里号的双桅小帆船将于六月二日驶往雷克雅未克。船长布加恩正好在船上。他未来的乘客高兴得和他紧紧握手，差点没把他的手拧断。善良的船长对教授如此紧密的握手颇感惊讶。他认为去冰岛是一件很简单的事，因为这是他的职业。而叔叔却觉得这是一次崇高的旅行。船长利用叔叔的热情，表情严肃地让我们支付了双倍的船费。不过我们也顾不得这些细节了。

“星期二早晨七点上船。”布加恩先生一边说，一边把这笔数目可观的款子塞进衣袋。

我们谢过汤姆逊先生的热情帮助之后，就回到了凤凰旅馆。

“一切顺利！非常顺利！”叔叔不停地说，“能够找到一条马上就开的船真是幸运！现在我们去吃午饭，然后到城里去看看。”

我们去了孔根斯尼托夫广场，这是一块不规则的空地，有一个岗哨和两门无用的大炮，炮口对着游人，却不令任何人感到害怕。附近的五号是一家法国餐馆，厨师名叫凡桑；我们每人只花了两个马克①，就饱餐了一顿。

吃完饭，我像孩子一样兴致勃勃地在城里逛了一圈，叔叔跟着我；可是他看什么都没兴趣：他既不去欣赏微不足道的王宫和博物馆对面横跨运河的美丽的十七世纪大桥，也不去浏览托尔瓦森②的巨大坟墓——坟墓上装饰着可怕的壁画，里面陈列着这位雕塑家的作品——和一座精致公园里的罗森伯格城堡③的微缩品；既不去参观交易所这座令人叹为观止的文艺复兴时期的建筑，以及它那由四条青铜龙尾交错而成的钟楼，也不去瞻仰城墙上的巨大风车，风车的翼翅胀得鼓鼓的，如同鼓满海风的船帆。

要是现在我那美丽的维尔兰姑娘在身边，那么这次港口散步将会是多么美好！红顶的双层船和三桅战舰静静地停泊在海峡郁郁葱葱的两岸，透

① 大约2法郎75生丁。——作者原注

② 托尔瓦森，丹麦雕塑家。

③ 罗森伯格城堡，原丹麦皇家城堡。

过浓密的绿荫可以看到一座城堡，城堡上的大炮张着黑乎乎的炮口，掩映在接骨木和杨柳树的枝杈之间。

可是，可惜！可怜的格劳本离我很远，我还有希望和她再见吗？

不过，叔叔虽然不注意那些迷人的景色，却被哥本哈根西南角阿马克岛上的一座教堂钟楼深深吸引住了。

我接到命令，朝那个方向前进；于是登上一艘在运河中摆渡的小汽艇，不久之后就到了船坞码头。

狭窄的马路上，身着黄灰两色长裤的囚犯们在警察的监督下干着活儿；我们穿过这几条马路，来到弗莱瑟教堂前。这座教堂并无特别之处。可它高耸的钟楼之所以会引起叔叔的注意，是因为从平台往上，有一座室外楼梯绕着钟楼的尖顶，在空中盘旋而上。

“我们上去。”叔叔说。

“你不怕头晕吗？”我回答。

“正是因为头晕才要上去，我们必须习惯登高。”

“可是……”

“来吧，我说，别浪费时间。”

我只好服从。马路对面的看门人给了我们一把钥匙，于是我们就开始登高了。

叔叔迈着敏捷的步伐走在我的前面。我不无恐惧地跟着他，因为我的头轻而易举地开始犯晕了。我不是老鹰，既不能保持平衡，又做不到泰然自若。

我们在钟楼里盘旋而上时，一切还算顺利；可是走了一百五十级台阶之后，风便迎面向我们吹来，我们到达了钟楼的平台上。室外的楼梯就是从那里开始的，它只有一根弱不禁风的栏杆做防护，台阶越往上越窄，似乎没有尽头。

“我爬不上去！”我叫道。

“你该不是个胆小鬼吧？上去！”教授毫不怜悯地回答。

我不得不抓紧栏杆，跟着他往上。大风把我吹得晕头转向；我觉得钟楼在随风摇晃；我双腿发软，不久就开始用膝盖爬行，后来索性就是趴着往上了；我闭上眼睛，感受着登高带来的晕眩。

最后，我被叔叔抓着衣领，来到了钟楼顶端的圆球边。

“看，”他对我说，“看仔细点！你得学会登高俯视！”

我张开眼睛，看见扁平的房子在烟雾中如同被压碎了一般。白云在我的头顶狂乱地飘过，由于错觉，它们似乎静止不动；而钟楼、圆球和我却以令人难以置信的速度被拖动着。远处，一边是绿油油的农田，另一边是在阳光下闪闪发亮的大海。森德海峡一直延伸到赫耳辛格①，几点白帆宛如海鸥的翅膀；在东面的烟雾之中，曲折的瑞典海湾依稀可见。所有这些硕大无朋的景象都在我的眼前盘旋着。

可是我必须站起身来，挺直腰杆往四周看。我的第一堂晕眩课持续了整整一个小时。当我终于被允许回到地面、双脚踩在马路坚实的石板上时，我已经累得筋疲力尽了。

“我们明天再来。”教授说。

---

① 赫耳辛格，丹麦港口，莎士比亚在名剧《哈姆莱特》中所描写的故事即发生在此。

果然，这种令人头晕目眩的练习我重复了五天之久，不管是否出自我的本意，在“登高俯视”的技艺方面，我取得了长足的进步。

九

出发的日子到了。前一天晚上，殷勤的汤姆逊先生给我们带来了几封言辞恳切的介绍信，它们分别是致冰岛总督特朗普伯爵、助理主教皮克图尔森先生和雷克雅未克市长芬荪先生的。作为回报，叔叔给了他最为热烈的握手。

六月二日，早晨六点，我们宝贵的行李被装上了瓦尔基里号。船长把我们带到甲板室下面略显狭窄的船舱里。

“我们是不是顺风？”叔叔问。

“顺极了，”布加恩船长回答说，“是东南风。我们将鼓足风帆驶离森德海峡。”

不一会儿，小船就扬起所有的船帆，起锚出海了。一小时后，丹麦首都便好像沉入了远处的波涛之中，瓦尔基里号与赫耳辛格港口擦肩而过。我神经非常紧张，期待着在那个充满传奇色彩的平台上看到哈姆莱特的幽灵。

“高尚的疯子！”我说，“你一定会赞同我们的行动！你也许还会跟随我们一起去地心,去寻找你那个永恒疑问的答案!"

可是古老的城墙上什么都没出现。那座城堡也比英勇的丹麦王子年轻得多。它现在是森德海峡管理人的豪宅,每年有一万五千条各国船只经过这个海峡。

克伦伯格城堡①很快就消失在迷雾之中,耸立在瑞典海岸上的赫尔辛堡②高塔也不见了。在卡特加特海峡③微风的吹拂下,小船稍稍有点倾斜。

瓦尔基里号是一条很好的帆船,但人们对帆船总是不抱有任何指望。它向雷克雅未克运送煤、生活用品、陶器、羊毛衣服和小麦。五个船员全是丹麦人,这几个人驾驭一条小船已经绰绰有余。

"船要开多长时间?"叔叔问船长。

"十来天,"后者回答,"如果我们在经过法罗群岛④的时候不遭遇太大的西北风暴的话。"

"不过即使遇上了,也不至于耽搁很多天吧?"

"不会的,李登布洛克先生;放心吧,我们会到的。"

傍晚时分,小船绕过了丹麦北端的斯卡根海角⑤,夜里穿越了斯卡格拉克海峡⑥,在沿着挪威南端航行的时候穿过了林德奈斯海角,最后进入了北海。

---

① 克伦伯格城堡,建于一五七四年,是赫耳辛格的一座要塞。
② 赫尔辛堡,瑞典港口,位于丹麦的赫耳辛格对岸。
③ 卡特加特海峡,位于丹麦和瑞典之间的海峡。
④ 法罗群岛,属丹麦,位于大西洋中,苏格兰北面350公里处。
⑤ 斯卡根海角,位于丹麦的日德兰半岛北面。
⑥ 斯卡格拉克海峡,位于丹麦和挪威之间,连接北海和卡特加特海峡。

两天后，我们在彼得黑德[①]附近看到了苏格兰海岸，瓦尔基里号在奥克尼群岛[②]和设德兰群岛[③]之间驶过，朝着法罗群岛进发。

不久，大西洋的海浪就开始拍打我们的小船；小船逆着北风行驶，艰难地抵达法罗群岛。八日，船长看到了位于法罗群岛最东端的米加奈斯岛，此后，小船就径直朝冰岛南岸的波特兰海角驶去。

整个渡海的旅程平淡无奇。我较好地经受了大海的考验；可叔叔却在不停地晕船，这使他倍感失望，甚至羞愧。

所以他无法和布加恩船长谈论斯奈菲尔、交通工具以及运输设施等问题；这一切只有等到达目的地以后再说了。现在他不得不躺在船舱里打发时间，船的颠簸把船舱的隔板震得咯咯作响。应该说，这份罪是他自找的。

十一日，我们到达了波特兰海角。当时天气晴朗，可以看到高处的米尔达斯约库尔。海角由一座高高的小山构成，山坡很陡，孤零零地矗立在海滩上。

瓦尔基里号和海岸保持着一定的距离，穿行在成群结队的鲸鱼和鲨鱼中间，往西面驶去。不久，出现了一块似乎被凿穿了的巨大岩石，汹涌的海浪从裂缝中穿过。威斯特曼群岛犹如被撒在一望无际的水面上的小石子，出现在大西洋上。这时，小船开始后退，以便留出足够的距离绕过冰岛西端的雷克雅奈斯海角。

海浪很大，使得叔叔无法走上甲板，欣赏这些被西南风撕得七零八落的

---

① 彼得黑德，苏格兰港口小城，位于北海之滨。

② 奥克尼群岛，属英国，位于苏格兰东北。

③ 设德兰群岛，属英国，位于苏格兰北部的大西洋中。

海岸。

四十八小时以后，收起风帆的小船摆脱了一场暴风雨，此后我们在东面看到了斯卡根海角的航标，这个海角的岩石在水下绵延得很长，因此十分危险。一位冰岛领航员上了我们的船，三个小时后，瓦尔基里号便停靠在雷克雅未克前面的法克萨湾里了。

教授终于走出了船舱，他的脸色有点苍白和憔悴，但仍然热情高涨，眼光里露着满意的神色。

城里的百姓聚集在码头上，对船只的到来很感兴趣，因为他们每个人都可以从船上买到什么东西。

叔叔匆匆忙忙地离开帆船，对他来说，这艘船即使不是医院，至少也是一座水上监狱。不过，在走下甲板之前，他把我拉到前面，指给我看海湾北面的一座高山，这座山有两座山峰，上面覆盖着陈年积雪。

"斯奈菲尔！"他叫道，"斯奈菲尔！"

然后，他用手势提醒我要绝对保持沉默，接着就上了等候着的小艇。我跟着他，一会儿工夫，我们就行走在冰岛的土地上了。

首先出现的是一个气色很好、身穿将军制服的人。其实他仅仅是一个行政长官，也就是冰岛总督特朗普男爵[①]本人。教授立刻认出了他必须与之打交道的人。他把从哥本哈根带来的介绍信交给了总督，并且用丹麦语和他作了一番简短的谈话。我不懂丹麦语，自然对谈话的内容毫不关心。不过谈话一结束，特朗普男爵就表示可以满足李登布洛克教授的所有要求。

① 原文如此（前文提到他是伯爵）。

叔叔还受到了市长芬荪先生的热情接待，他和总督一样穿着军装，但性格脾气却同样也非常温和。

至于助理主教皮克图尔森先生，他正在北部教区视察，所以我们暂时见不到他。不过我们遇到了一位可爱的先生，他给了我们宝贵的帮助，他就是雷克雅未克学校的自然科学教授弗立德里克森先生。这位谦逊的学者只会讲冰岛语和拉丁语；他用贺拉斯①用过的语言为我服务，我觉得我们两个人天生就能相互理解。事实上，他也是我在冰岛唯一能与之交流的人。

这位善良至极的人把他家三间房间中的两间拿出来供我们使用，我们立刻在里面安顿下来，并把行李搬了进去，这些行李的数量之多，使当地居民颇感惊讶。

"好了，阿克赛尔，"叔叔对我说，"一切顺利，最困难的事情已经解决了。"

"什么，最困难的？"我叫道。

"当然，接下来我们只要到地下去就行了！"

"如果你这样看的话，当然没有错；可我在想，下去之后总还得上来吧？"

"啊！这我一点都不担心！瞧！别浪费时间了。我去一下图书馆。也许那里会有萨克努塞姆的手稿，如果能查阅到一些，我会很高兴的。"

"我要趁这段时间去游览市容。你不去吗？"

"啊！我对这个没多大兴趣。在冰岛这块土地上，有趣的东西不是在地

① 贺拉斯（公元前65—公元前8年），历史上最伟大的拉丁语诗人之一。

上,而是在地下。”

我走了出去,漫无目的地走着。

要想在雷克雅未克仅有的两条马路上迷路并非易事。所以我根本用不着指手画脚地打手势问路,从而招来麻烦。

这座城市位于两座山丘之间,地势较低,而且多沼泽。城的一边覆盖着一大片火山熔流,熔流缓缓下降,伸入大海。另一边就是宽阔的法克萨海湾,海湾北岸是巨大的斯奈菲尔冰川,现在海湾里只有瓦尔基里号一艘船停靠着。平时,英国和法国的护渔船都停泊在这里;不过现在它们正在冰岛的东海岸巡逻。

雷克雅未克两条马路中稍长的那一条是和海岸线平行的,路边是用横叠的红木建造起来的房子,里面住着许多大小商人;往西是另一条马路,通向小湖,路边住着主教和其他非商业人士。

我很快就走完了这两条沉闷抑郁的马路;有时我会看到一块褪了色的草坪,就像是被用旧了的羊毛地毯一样;或者几个菜园,里面稀稀拉拉地长着一些土豆、青菜和莴苣,这些蔬菜似乎给小人国里的居民食用更加合适;菜园里还有几株病恹恹的紫罗兰,也在努力寻找着阳光的照耀。

在那条非商业街的中段,我看到一个用土墙围起来的公墓,里面十分宽敞。再过去几步,就是总督的官邸了,和汉堡市政厅相比,它只是一幢破屋而已,但是在冰岛百姓的草屋衬托下,它却可以称得上是一座宫殿了。

教堂耸立在小湖和城市之间,带有新教的建筑风格,是用火山爆发时喷出的石灰石建造的;每逢刮西风的日子,教堂屋顶上的红瓦自然就被吹得漫天飞舞,给信徒们造成巨大的伤害。

在教堂旁边的一块高地上，我看见了国立学校，后来我从房东那里知道，这所学校教授希伯来语、英语、法语和丹麦语。我感到非常惭愧，因为我对这四种语言都一窍不通。我肯定自己是这所学校里四十个学生中最糟糕的一个，也不配和他们一起睡在宛如衣柜的双人床上——娇气的人只要在这样的床上睡一夜，就会被憋死。

我只用了三个小时，便逛遍了整个城市及其周围的地方。总的来说，这里的景色异常惨淡。没有树木，没有花草。到处是火山石坚韧的棱角。冰岛人的房屋是用土和泥炭建造的，墙向房子里面倾斜，看上去就像是放在地上的屋顶。不过这些屋顶都是相对比较肥沃的草地。由于屋里的居民所产生的热量，屋顶上的草长得还算茂盛，到了割草期，人们就必须小心地把草割下来，否则家畜就会爬上这些绿油油的屋顶吃草。

散步的时候，我很少碰到人。回到商业街上，我看见大多数居民都忙着晒、腌和装运鳕鱼，这是当地主要的出口产品。男人们看上去很结实，但也很笨拙，他们就像是眼神忧郁的金发德国人，感觉自己游离于人类世界之外，是一群被遗忘在这块冰川之地上的可怜的流放者；其实，既然大自然已经迫使爱斯基摩人生活在北极圈的边缘，那么就应该让他们来充当冰岛的居民！我试图在他们的脸上发现一丝笑容，可这完全是徒劳；他们偶尔大笑一下，但这也只是面部肌肉无意识的抽动，他们从不微笑。

他们的服装包括一件宽大而粗糙的黑色羊毛外套，这种衣服被称为“瓦特迈尔”，在北欧国家非常有名；还包括一顶宽边帽，一条红色滚条长裤和一块折成鞋子形状的皮。

女人们的脸色既忧郁又顺从，看上去还算可人，就是没有表情；她们身穿紧身胸衣和深色的“瓦特迈尔”裙子；姑娘们把辫子梳成花冠状，头上戴着棕色绒线帽；已婚女子则用彩色头巾包着头，上面还有一个用白布做成的头饰。

我散了一大圈步，回到弗立德里克森先生的住所时，看见叔叔和房子的主人在一起。

十

晚饭准备好了；李登布洛克教授立刻狼吞虎咽地将它一扫而光，经过在船上被迫节食的那些日子，他的胃已经变成了一个无底洞。这顿饭的本身并没有什么出色之处，与其说它是冰岛式的，不如说是丹麦式的；但是我们的房东却是冰岛人，而不是丹麦人，他令我想起古代好客的英雄。我们显然比他更像是这个家的主人。

谈话是用冰岛语进行的，叔叔不时地夹进一些德语，弗立德里克森先生则夹进一些拉丁语，以便让我也能听懂。既然这是一次学者之间的谈话，因此主题当然是科学。不过在关于我们计划的问题上，叔叔显得极为谨慎，而且每说一句话，就用眼神提醒我保持沉默。

弗立德里克森先生首先问叔叔在图书馆找到些什么。

“你们的图书馆!”叔叔叫道,“书架上空空如也,只有几本零散的书。”

“什么!”弗立德里克森先生回答,“那里总共有八千册图书,其中不乏珍本和孤本,有些作品是用古老的斯堪的纳维亚语写的,哥本哈根每年还向我们提供所有的新书。”

“那么这八千册图书都上哪儿去了？我看……”

“噢！李登布洛克先生,它们被借到了全国各地。在我们这个古老的冰川之岛,居民们都酷爱学习！连农民和渔夫都能看书识字。我们认为书是用来看的,不应该让它远离好学的读者,在铁栅栏后面发霉。所以那些书经过了许多人之手,它们被翻了又翻、看了又看,经常是被借出去一两年之后才回到书架上。”

“在此期间,”叔叔略带气恼地回答,“外国人……”

“这就没有办法了！外国人有他们自己的图书馆,再说,我们的农民也要受教育。我提醒您,对学习的热爱已经渗透到了冰岛人的血液之中。所以,我们在一八一六年成立了一个文学协会,它发展得很好,许多外国学者也参加进来,并以此为荣,学会出版了一些书籍,用以教育同胞、为国家服务。如果您能成为我们协会的通讯会员,李登布洛克先生,我们将无比荣幸。”

叔叔已经是一百多个科学协会的成员了,可他还是欣然同意,这使弗立德里克森先生大为感动。

“现在,”他继续说,“请告诉我您想在我们的图书馆里找什么书,也许我能帮您打听。”

我看着叔叔。他有点犹豫。这和他的计划直接有关。不过在稍事考虑之后，他还是回答了。

“弗立德里克森先生，”他说，“我想知道，在图书馆的古籍当中，是否有阿尔纳·萨克努塞姆的书。”

“阿尔纳·萨克努塞姆！”雷克雅未克的教授回答说，“您说的就是那位十六世纪的学者、伟大的自然学家、炼金术士和旅行家吗？”

“正是。”

“他是冰岛文学和科学的光荣之一。”

“一点不错。”

“他是一个杰出的人。”

“我完全同意。”

“他的勇敢和天才同样出类拔萃。”

“您对他很熟悉。”

听到别人这样谈论他心目中的英雄，叔叔沉浸在快乐之中。他逼视着弗立德里克森先生。

“怎么样，”他问，“你们有他的书吗？”

“啊！他的书没有。”

“什么？在冰岛没有萨克努塞姆的书？”

“不但冰岛没有，其他地方也没有。”

“为什么？”

“因为阿尔纳·萨克努塞姆因传播邪说而屡遭迫害，他的作品一五七三年在哥本哈根被行刑的刽子手全部烧毁了。”

“很好！好极了！”叔叔大叫，这使我们的自然科学教授惊诧万分。

“怎么?”后者问。

“对！一切都得到了解释,变得顺理成章、明白无误了,我现在知道萨克努塞姆为什么会遭到排斥、不得不隐瞒他天才的发现,并把这个秘密藏在一封晦涩难懂的密码信里了……”

“什么秘密?”弗立德里克森先生饶有兴趣地问。

“这个秘密……它……”叔叔吞吞吐吐地答道。

“您是不是有一封特别的信?”房东又问。

“不……我纯粹是在假设。”

“好吧,”弗立德里克森先生看到叔叔窘迫的样子,就不再追问下去了,“但愿,”他补充说,“您在离开我们这座岛屿之前,能从这儿的矿产资源中有所收获。”

“当然,”叔叔回答,“不过我来得稍晚了一点;是否已经有其他学者来过这儿了?”

“是的,李登布洛克先生。来这儿考察过的有奉国王之命的奥拉弗森和波韦尔森,有特罗伊德,还有搭乘法国探索号护卫舰①来的加马尔和罗贝尔;最近有一批学者搭乘霍尔当丝王后号驱逐舰也来过这儿。他们的研究对认识冰岛做出了强有力的贡献。不过,请您相信,值得去做的事情还有很多。”

“是吗?”叔叔一面假装天真地问,一面竭力掩饰他那炯炯的目光。

---

① 探索号是一八三五年杜贝莱海军上将为寻找一支失踪的远征军而派出的一艘军舰;这支远征军名为“里尔女人”,由德·布洛斯维尔先生率领,人们一直没有得到有关它的任何消息。——作者原注

“对。有那么多人类未知的山峰、冰川和火山等着我们去研究！不说别的，您看见远处的那座山峰了吗？它叫斯奈菲尔。”

“啊！”叔叔说，“斯奈菲尔。”

“对，这是最奇怪的火山之一，很少有人到过它的火山口。”

“它是一座死火山吗？”

“噢！已经熄灭五百年了。”

“那好，”叔叔回答说，他不断交叉着双腿，努力不使自己跳起来，“我希望我的这次地质考察就从塞非尔……不，是费塞尔开始——它究竟叫什么来着？”

“斯奈菲尔。”好心的弗立德里克森先生重复道。

这段谈话是用拉丁语进行的，所以我全都听懂了；看到叔叔竭力按捺着他那掩饰不住的喜悦，我几乎要笑出来；他尽量装出天真的样子，就像一个老鬼在扮鬼脸。

“不错！”他说，“您的话促使我下了决心！我们将试着爬上斯奈菲尔，也许还会考察它的火山口！”

“很遗憾，”弗立德里克森先生回答说，“我的工作不允许我离开；我真想和你们一起去，这一定会是一次充满乐趣、受益匪浅的旅行。”

“啊！不不不！”叔叔急忙回答说，“我们不想打扰任何人，弗立德里克森先生；我从心底里感谢您。要是像您这样的学者能和我们同行，那真是太有用处了；不过还是以您的工作为重……”

我想我们房东的冰岛脑袋真是太天真了，他是听不懂叔叔的弦外之音的。

“李登布洛克先生，”他说，“我完全赞同您从这座火山着手开始您的考察。在那儿您一定会得到许多奇特的收获。不过,请告诉我,您准备怎样去斯奈菲尔半岛?”

“走海路,横渡海湾。这是最近的一条路。”

“也许;不过您不可能走这条路。”

“为什么?”

“因为雷克雅未克连一条船都没有。”

“见鬼!”

“您必须走陆路,沿着海岸走。尽管路远一点,但很有趣。”

“好,我想办法去找一个向导。”

“我正好有一个可以推荐给您。”

“他可靠、聪明吗?”

“是的,他是半岛上的居民,靠猎捕绒鸭为生,非常能干,您一定会满意的。他的丹麦语讲得很好。”

“我什么时候能见到他?”

“明天,如果您愿意。”

“为什么不是今天呢?”

“因为他明天才能回来。”

“那就明天吧。”叔叔叹了一口气回答说。

过了一会儿,这次重要的谈话就在德国教授对冰岛教授的热烈感谢中结束了。叔叔在饭桌上知道了许多重要的事,比如萨克努塞姆的历史;那封神秘信件的由来;还比如他的房东将不陪我们去探险;他明天就可以有一个向导,如此等等。

十一

晚上，我在雷克雅未克海边做了一次短暂的散步，很早就回来躺在宽大的木板床上，昏昏睡去。

我醒来的时候，听见叔叔在隔壁房间里大声说话，就立刻起床去见他。

他正在用丹麦语和一个人谈话，这个人身材高大，体格健壮，看上去力大无比。他有着一双幻想家的蓝眼睛，这双眼睛长在巨大而又单纯的脑袋上，显得很聪明。一头即使在英国也会被称为红棕色的长发披在他坚实的肩膀上。这位冰岛人动作十分灵活，但他不懂或不喜欢用手势说话，因此很少挥动胳膊。他身上的一切都表明他是个性格绝对沉静、一点都不懒散的人。我觉得他不会向任何人提任何要求，只会恰如其分地干活儿，他在这个世界上的哲学就是从不惊讶和慌乱。

叔叔口若悬河地说着；我从冰岛人聆听的方式中观察到了他的性格特点。他交叉着双臂，面对手舞足蹈的叔叔一动不动地站着；他表示反对时，头就从左向右摇一摇；表示赞同时，就微微点一点，点头的幅度是如此之小，以至于他的长发几乎纹丝不动。他对动作的节约简直到了吝啬的程度。

的确，看到这个人，我怎么也想不到他会是个猎手；他是绝对不会让鸟兽害怕的，他怎么可能打得中猎物呢？

直到弗立德里克森先生告诉我这位平静的男子猎捕的只是绒鸭时，我才明白过来。这种鸭子的绒毛是冰岛最大的财富，它被称为鸭绒，采集时并不需要做很大幅度的动作。

冰岛的海岸多峡湾①，每年初夏，美丽的雌绒鸭就会来到峡湾的岩石丛中筑窝。窝筑好以后，雌绒鸭便会从自己的胸前拔下纤细的羽毛，铺在里面。这时，猎人或商人就会赶来把鸟窝拿走，雌绒鸭只好重新再筑一个。只要它身上还有羽毛，这样的过程就要持续下去。等到雌绒鸭的羽毛被拔光之后，就由雄绒鸭来接替它的工作。只不过由于雄绒鸭的羽毛又硬又粗，没有商业价值，所以猎人不会来偷，鸟窝于是得以筑成。雌绒鸭生下蛋，小绒鸭破壳而出。第二年，采集鸭绒的工作便又重新开始。

由于绒鸭不选择那些陡峭的岩石，而是偏爱在伸向大海的平缓岩石上筑窝，所以冰岛的猎人们不用费多大力气，就能完成他们的工作。他们如同农夫，但不用播种和割麦，只要收获就行了。

这位严肃、冷静、寡言的人名叫汉斯·布杰尔克，是被弗立德里克森先生推荐来的，他将是我们的向导。他的举止和我叔叔形成了鲜明的对比。

不过他们很快就相处得非常融洽了。两个人都不在乎酬金：一个准备给多少就拿多少，另一个则准备要多少就给多少。没有一笔生意比这更容易谈成了。

根据约定，汉斯必须把我们带到位于斯奈菲尔半岛南岸、火山脚下的斯

① 人们称斯堪的纳维亚国家狭窄的海湾为“峡湾”。——作者原注

塔毕村庄。这段路大约有二十二里，叔叔估计要走两天。

可是当他得知这是丹麦制的里，而一个丹麦里合二万四千英尺时，他被迫推翻了自己的计算，做好了长途跋涉七至八天的准备。

叔叔有四匹马可以调遣，我和他各骑一匹，另两匹驮行李。汉斯按照他的习惯步行。他对这一段海岸非常熟悉，答应带我们走最短的路线。

汉斯和叔叔的合同并不是到斯塔毕村就结束了；在整个科学考察期间，他必须随时随地为叔叔提供帮助，酬金是每周三块银币①。不过，他们明言约定，这笔钱必须在每周六的晚上交到向导的手里，这是合同生效的先决条件。

出发的日期定在六月十六日。叔叔想先付给猎人一笔定金，但后者一口回绝了。

“以后吧。”他说。

“以后。”教授为了教育我，又说了一遍。

合同谈妥之后，汉斯立刻告辞了。

“了不起的人，”叔叔叫道，“他还不知道自己以后要扮演的角色有多么神奇呢。”

“这么说，他将一直陪我们到……”

“对，阿克赛尔，他一直陪我们到地心。”

离出发还有四十八小时；使我感到遗憾的是，我不得不把这段时间用在做准备工作上；我们动足脑筋，把每一件东西都放在最合适的地方：这边放

① 合 16.98 法郎。——作者原注

仪器,那边放武器;这个包放工具,那个包放食品。物品总共分为四组。

仪器包括:

1. 一根一百五十度的摄氏温度计,这个温度在我看来太高也太低。之所以说太高,是因为如果周围的空气真的上升到这个温度,那么我们早就被煮熟了。之所以说太低,是因为用它来测量沸泉或其他熔化物质的温度还远远不够;

2. 一个压缩空气流体气压表,用以测量高于海平面气压的大气压力。随着我们深入地心,气压会逐渐增大,所以普通气压表不够用;

3. 一只计时器,它由日内瓦的小布瓦索纳制造,并在穿越汉堡的经线上作过精确校验;

4. 两只罗盘,分别测量倾角和偏角;

5. 一副夜视望远镜;

6. 两盏路姆考夫①照明灯,它以电流为能源,是一种便于携带、安全,而且轻巧的照明工具。②

武器包括两支普德利·摩尔公司生产的马枪和两支科尔特左轮枪。为

---

① 路姆考夫(1803—1877),德国物理学家。

② 路姆考夫照明灯内含一节本森电池,电池依靠重铬酸钾工作,无任何异味;电池产生的电通过一个感应线圈被传到一盏构造特殊的灯泡上;灯泡内有一根蛇形玻璃管,里面除了少量的二氧化碳和氮气之外,几乎是真空的。照明灯工作时,上述气体会发出连续的白光。电池和线圈都被放置在一个皮包内,由旅行者斜背在身上。皮包外的灯泡足以在漆黑的地方照明;有了它,旅行者可以在易燃气体中出入而不必担心发生爆炸,而且灯泡也不会在任何深度的水下熄灭。路姆考夫是一位博学而能干的物理学家,他发明了可以产生高压电的感应线圈。他在一八六四年刚刚获得一笔五万法郎的奖金,这笔五年一度的奖金由法国政府颁发给电的应用领域里最富创造的发明者。——作者原注

什么要带武器呢？我认为我们不可能遇到任何野人和猛兽。可叔叔却觉得武器和仪器同样重要，他尤其重视那一大堆防潮火棉，因为它的爆炸力比普通炸药要强得多。

工具有两把铁镐、两把十字锹、一根丝绳、三根铁棒、一把斧子、一把锤子、十几个凿子和螺钉，以及几根很长的绳索。这些东西加起来就是一大包，因为单是绳梯就有三百英尺长。

最后是食品；这只包不大，但足以令人放心，因为我知道里面的压缩肉和饼干足够吃六个月。饮料全是刺柏子酒，没有一滴水；不过我们带着水壶，叔叔希望能找到泉水，把它们灌满；我对泉水的水质和温度，甚至对泉水的存在提出了质疑，可是没有结果。

在我们随身携带的东西当中，还有一只旅行药箱，里面放着各种可怕的用具：钝口剪刀、骨折夹板、生丝胶带、绷带、止血带、橡皮膏、放血刀；还有一连串瓶子，里面盛着各种令人担心的药水：糊精、医用酒精、液体醋酸铅、乙醚、醋和氨水；最后，还有路姆考夫照明灯工作时所需要的各种物品。

叔叔还特别不忘带着烟草、火药、火绒和一条皮腰带，他把皮腰带系在腰间，里面有充足的金币、银币和纸币。放工具的包裹里还有六双质地很好的鞋子，它们都被涂上了一层柏油和橡皮，所以能够防水。

“有了这身打扮和装备，我们没有任何理由不到很远的地方去。”叔叔对我说。

十四日一整天都被花在打点行李上了。当天晚上，我们在特朗普男爵家里吃晚饭，作陪的有雷克雅未克市长和当地名医雅尔塔兰博士。弗立德里克森先生没有在座；后来我才知道他和总督在一个行政问题上意见相左，因此互不往来。所以,这次半官方晚宴上的谈话,我一个字都没有听懂。我只看到叔叔在不停地说话。

第二天是十五日,准备工作结束了。我们的房东让教授着实高兴了一阵,他送给他一张四十八万分之一的冰岛地图,是奥拉夫·尼古拉·奥尔森根据谢尔·弗里萨克的大地测量和布若恩·古姆罗格森的地形数据绘制、由冰岛文学出版社出版的,比安德森绘制的那张要好得多。这对于一个地质学家来说是一份珍贵的资料。

动身前的最后一个晚上,我和弗立德里克森先生做了一次亲密的长谈,我对他的好感已经很深了。谈话之后,我就去睡了,但睡得很不安稳。

早晨五点,我被窗前四匹马的叫声吵醒。我连忙穿好衣服,来到街上。汉斯刚把我们的行李装到车上,可以说,他在干活时动作的幅度几乎为零,可是极其敏捷。叔叔说的话比干的活儿多,不过我们的向导看上去对他的嘱咐并不怎么在意。

六点钟,一切准备就绪。弗立德里克森先生和我们握手。叔叔诚心诚意地用冰岛语感谢他的热情款待。我则用最美丽的拉丁语和他热烈话别。然后我们就上了马,弗立德里克森先生用维吉尔的一句诗向我们告别,这句诗似乎就是为我们这些命运不定的旅行者度身定制的:

“不管命运叫我们走的是哪一条路,我们都会走下去。”

十二

这一天是多云,不过天气还不算坏,既不炎热,也没有下雨,是旅行的好日子。

骑马穿行在一个陌生的国度是一件愉快的事情,也使我感到这次旅行的开头不错。我完全沉浸在观光者的快乐之中,心里充满了希望和自由。我甚至开始喜欢上这次探险了。

“再说,”我自言自语道,“我有什么可担心的呢?是在一个陌生的国度旅行?还是攀登一座引人注目的高山?最多不过是钻到一座死火山的山口底部去罢了!这样的事那个萨克努塞姆肯定也做过。至于说有一条甬道可以通往地心,这纯粹是幻想!是绝对不可能的!所以,就让我尽情享受这次旅行中值得享受的东西吧,用不着瞻前顾后。”

我想到这里的时候,我们早已经离开了雷克雅未克。

汉斯走在前面,步伐迅速、均匀,而且连贯。驮行李的两匹马跟在他后面,用不着人们为它们指点方向。再后面就是我和叔叔,我们骑在矮小但却强壮的马上,看上去还算精神。

冰岛是欧洲最大的岛屿之一，面积达一千四百平方里①，人口却只有六万。地理学家把这个岛屿分成四个部分，而我们则几乎要斜着穿过西南面名为“苏德韦斯特·弗若敦格”的那一部分。

离开雷克雅未克之后，汉斯立刻选了一条沿海岸的路。我们穿过了一些贫瘠的牧场，那些牧草与其说是绿色的，不如说是黄色的更为恰当。嶙峋的粗面岩山峰隐没在东面烟雾弥漫的地平线上；时而会有几块积雪聚集起道道散光，在远处的山坡上闪闪发亮；一些较高的山峰直插灰色的云端，然后穿过移动的水汽重新出现，宛若裸露在天上的暗礁。

这些绵延不断的陡峭岩石有许多穿过牧场、一直延伸到大海；不过我们有足够的空间可以通过。此外，我们的马本能地选择最便捷的路走，而且速度丝毫没有放慢。叔叔甚至不必吆喝或者用马鞭催它们快走；他连着急的机会都没有。他骑在那匹矮小的马上，显得非常高大，双脚不时碰到地面，就像是神话中长着的六条腿的怪兽；看到他这样子，我就忍不住想笑。

“好马！好马！”他说，“你看，阿克赛尔，没有一种动物能比冰岛的马更加聪明了。大雪、风暴、无法通行的道路、岩石、冰川，这一切都不能阻止它前进。它勇敢、朴实、可靠，从不闪失、从不反抗。不管前面有什么样的河流或者峡湾要它穿越，它都会毫不犹豫地下水，像两栖动物一样游到对岸！我们要善待它，让它自由行动，由它驮着，我们一天能走二十五英里。”

“我们也许能，”我回答，“可向导呢？”

“噢！我一点都不为他担心。他们这些人走起路来没有感觉。他走路

---

① 这里是上文所提及的丹麦里。

的时候身体几乎不动，所以不会感到劳累。不过，必要的时候我可以把坐骑让给他。如果我不运动，不久就会抽筋的。尽管我的胳膊还可以，可也得为两条腿想想。”

我们走得很快。四周几乎已经荒无人烟。有时我们可以看到一座孤立的农庄，或是一幢用木头、泥土和火山熔岩盖成的偏僻农舍[①]，它们就像乞丐，蜷缩在低洼的路边。这些破败的茅屋似乎在向行人乞求怜悯，而后者差点就真的会给予它们一点施舍了。这些地方没有公路，甚至连乡间小道都没有；尽管植物长得很慢，但它们足以掩盖掉寥寥无几的旅行者的足迹。

然而，这里离首都很近，属于冰岛有人烟、有耕种的地区之一。那么，比这块荒地更加荒凉的地方会是怎样呢？我们走了半英里，却没有看到一个站在茅草屋门口的农民，也没有看到一个放牧的牧人——和那些牲畜相比，牧人也许反而更加粗野。我们只看到几头懒散的奶牛和绵羊。同样，那些经常受火山爆发和地震困扰的地区又会是怎样呢？

这一切我们以后会知道的；不过，看了奥尔森绘制的地图以后，我发现我们正沿着曲折的海岸线边缘前进，因此避开了上述地区。事实上，地球的大规模深层运动主要集中在冰岛的中心地带；在重叠的水平岩石层、粗面岩石带、被火山喷发出来的玄武岩、凝灰岩和砾岩，以及火山熔岩流和熔化状态下的斑岩的共同作用下，那些地区变得不可思议地恐怖。狂躁的自然同样也使斯奈菲尔半岛一片狼藉，但是当时，我对我们将在那里看到的景象还一无所知。

---

① 农舍，冰岛农民住的房子。——作者原注

离开雷克雅未克两小时之后，我们来到了古富奈，这个小镇又被称作“奥阿尔基雅”，意思是“主教堂”。它没有任何特别之处，只有几幢房子，在德国，这种地方只能勉强被叫作小村庄。

汉斯在这里停留了半个小时；他和我们一起吃了一顿简单的午饭。叔叔向他提了一些关于道路状况的问题，他只是回答“是”或“不是”。我们问他今晚打算在哪里过夜，他只说了三个字：

“加尔达。”

我翻开地图，查看加尔达在什么地方。我在距雷克雅未克四里远的赫瓦尔峡湾沿岸看到了这个小镇的名字。我指给叔叔看。

“才四里！”他说，“我们才走了二十二里中的四里！这样的旅行速度可真快！”

他打算给向导提意见，可向导什么都没有回答，他走到马的前面，重新上路了。

三个小时后，我们仍然行进在牧场褪了色的草地上，我们必须绕过科拉峡湾，这样走比横穿这个峡湾更容易，而且路也短。不久我们进入了一个名叫埃于尔堡的小镇，这也是地方法院的所在地。如果冰岛的教堂都有钱买钟的话，那么小镇教堂的钟楼早就应该敲过中午十二点了；不过，这里的教堂和教区的居民们一样，从来没有时钟，但照样过日子。

在那里我们让马饮了点水，然后沿着一条位于丘陵和大海之间的狭窄海岸，一口气来到了布朗塔的“主教堂”。我们又走了一里路，抵达了赫瓦尔峡湾南岸的索尔波埃“次教堂”。

那时候是下午四点钟；我们走了四里路[1]。

这里的峡湾至少有半里宽；海浪呼啸着拍打着尖利的岩石；逐渐开阔的峡湾两侧，是高达三千英尺的岩壁，褐色的岩层被微红的凝灰岩隔开，格外引人注目。尽管我们的马非常聪明，但我可不想真的骑着一匹四脚兽渡过峡湾。

"要是它们聪明的话，"我说，"是不会过去的。不管怎样，就是为了它们，我也有责任聪明一回。"

可是叔叔不愿意等。他驱赶着坐骑朝岸边冲去。马儿闻到了大海的波涛，就停了下来。叔叔的急躁脾气又犯了，他变本加厉地驱赶着马儿。这畜生摇着头又一次拒绝，于是引来了一阵咒骂和鞭打。马儿尥起了蹶子，企图将骑在它身上的人抛到地上。最后，小马弯起双腿，从教授的胯下逃了出来，把他留在了岸边的两块岩石上，让他笔直站着，就像罗得岛上的巨人[2]雕像一样。

"啊！该死的畜生！"教授大声嚷道，转眼之间他已经由骑士变成了步行者，并且羞愧得好像是一个骑兵变成了步兵。

"船。"向导碰了碰他的肩膀，用丹麦语说道。

"什么！船？"

"在那儿。"汉斯指着一艘船回答。

"不错，"我叫道，"是有一艘船。"

---

① 合八法里。——作者原注

② 罗得岛位于爱琴海，岛上有阿波罗神的巨像，是世界七大奇迹之一。

“早就该说了！好吧，上路！”

“潮水。”向导又说了一个丹麦词。

“他说什么？”

“他在说潮水。”叔叔把这个丹麦词翻译给我听。

“也许我们要候潮而出？”

“非这样不可吗？”叔叔用丹麦语问。

“是的。”汉斯回答。

叔叔用脚跺着地面，这时候马朝着船走去。

我完全理解我们必须等潮水涨到一定的高度才能开始渡海，因为潮水涨到最高点时，大海相对比较平静，海水的涨落不很明显，这时候渡海的小船既不会被潮水带到峡湾深处，也不会被卷进汪洋大海。

渡海的最佳时机直到晚上六点才到来；我、叔叔、向导、两个船夫和四匹马全都上了一艘看似不很牢固的平底船。我坐惯了易北河上的蒸汽船，所以觉得船夫们的桨实在是一件可悲的器具。穿越峡湾总共花了一个多小时；不过最后我们总算平安抵达对岸。

半个小时之后，我们来到了加尔达的“主教堂”。

十三

这时夜幕应该降临了,然而在北纬六十五度的北极地区,我对白夜并不感到惊奇;在冰岛,六月和七月的太阳是不落的。

不过气温却下降了。我有点冷,更觉得饿。一座农舍打开了好客的大门,热情地接待了我们。

这是一个农民的家,但主人的好客使这个家变成了一座王宫。我们一到,主人就和我们握手,然后他也没有什么客套,就示意我们跟着他走。

我们也只能是跟着他走,因为和他并肩走几乎是不可能的。一条狭长黑暗的过道通向这幢用粗糙的四方横梁建成的房子,同时也把我们带到房子的每一间房间;房间总共有四间:厨房、纺织间、卧室、客房,后者是所有房间中最好的。主人在盖这幢房子的时候,没有考虑到叔叔这样的身材,所以教授的脑袋在天花板上撞了三四次。

我们被带到客房,这是一间很大的屋子,地板是经过平整的泥土,有一扇窗户可以采光,上面糊着不很透明的羊膜作为玻璃的替代品。床是两个饰有冰岛谚语的红漆木头架子,里面塞满了干稻草。我没想到竟然能有如此的享受;只是整个屋子里弥漫着强烈的干鱼味儿、腌肉味儿和酸奶味儿,令我的鼻子实在受不了。

我们刚放下行李，主人就请我们到厨房去，只有那间屋子才生着火，即使在最为寒冷的天气里也是如此。

对于这道友好的命令，叔叔连忙表示服从。我也紧随其后。

厨房的炉子式样很老；屋子的正中间，放着一块石头作为火炉的炉床；屋顶上有一个洞，烟就从洞口冒出去。这间厨房同时也兼作餐厅。

我们进屋的时候，主人就像从来没有见过我们似的，对我们说“祝您快乐”，并吻我们的脸颊。

接着，他的妻子对我们也说了同样的话、行了同样的礼；然后，夫妻两人把右手放在心口，深深地向我们鞠躬。

有一件事我必须立刻告诉大家：那个冰岛女人是十九个孩子的母亲，这些大大小小的孩子全都乱七八糟地挤在烟雾缭绕的屋子里。我每时每刻都能看到某一只长着金发的小脑袋带着忧郁的神情从烟雾里钻出来，活像是一群没有盥洗干净的小天使。

我和叔叔对这一窝孩子表示了极大的欢迎；不久，就有三四个小家伙爬上了我们的肩膀，还有同样数目的孩子坐上了我们的膝盖，剩下的则全都依偎在我们的双腿之间。那些会说话的孩子用所有您可以想象得出的语调重复着“祝您快乐”，不会说话的就只能大声嚷嚷。

这场音乐会因宣布吃饭的消息而被打断。这时我们的猎人向导也回来了，他刚解决了马的饲料问题，确切地说，他非常实惠地把马放到了旷野上，这些可怜的畜生只能吃到岩石上稀少的苔藓和几棵营养贫瘠的海藻，第二天，它们将不得不自己回家，继续前一天的工作。

“祝您快乐。”汉斯说。

接着，他平静、机械、一视同仁地亲吻了男女主人以及他们的十九个孩子。

仪式结束后，我们就入席了。总共有二十四个人吃饭，坐的时候真的是人叠人。即使是最荣幸的人膝头至少也有两个孩子。

可是汤一上来，我们这个小团体就立刻被静默笼罩了。对于冰岛人，甚至是冰岛的孩子来说，这种静默是非常自然的。主人先让我们尝了用地衣煮的汤，口味并不很差；接着是一大块在酸黄油里游了二十年的干鱼，在冰岛人的美食观念中，这种酸黄油比鲜黄油更好吃。此外，还有一种拌有饼干的凝乳，叫作“斯基尔”，由于里面加了刺柏浆果汁，所以味道很浓；最后，我们喝的是一种被当地人称为“布朗达”的掺水稀牛奶。我说不清这些奇特的食品是否美味，只知道我饿了，所以狼吞虎咽地吃完了最后一道甜点的最后一口荞麦粥。

晚饭结束后，孩子们都不见了；大人们围坐在烧着泥炭、灌木、牛粪和干鱼骨的火炉边。大家取暖之后，就各自回到自己的房间。按照习俗，女主人要来为我们脱袜子和长裤；不过在我们的婉言谢绝之下，她也不坚持，我终于钻进了我的稻草被子。

第二天早晨五点钟，我们和这位冰岛农夫告别；叔叔费尽口舌，才让他接受了一笔不多不少的酬金，接着汉斯就做手势示意我们出发了。

刚离开加尔达，地表就起了变化，变得泥泞不堪，极为难走。右边的群山绵延不绝，仿佛是一个巨大的天然堡垒，而我们则沿着堡垒的防护墙前进；路上经常会遇到一些小溪，我们不得不涉水过去，同时又不能溅湿行李。

四周的景色越来越荒凉;不过时而可以看见远处有一个人影一闪而过;当蜿蜒的道路将我们意外地带到某一个幽灵的身边时,我便会看到一只浮肿的、闪闪发光的秃脑袋,透过褴褛的衣衫,我还可以看到他的身上令人厌恶的伤口,这不由让我感到一阵恶心。

这个不幸的家伙并没有向我们伸出他那变了形的手,相反却逃之夭夭,不过他逃得不快,所以汉斯还是习惯性地对他说了一句"祝您快乐"。

"麻风病。"他用丹麦语说。

"他患了麻风病!"叔叔重复了一遍。

单是这个词就令人生厌。这种可怕的疾病在冰岛很常见;它并不传染,但是具有遗传性;所以这些悲惨的人不能结婚。①

这些人的出现当然不会让四周越来越忧郁的景色变得活泼起来;我们脚下的最后一簇小草也奄奄一息。除了几棵矮小得如同荆棘的桦树和几匹因主人喂养不起而在荒野上游荡的马之外,我们看不到一棵树和一只动物。有时,一只老鹰在乌云中翱翔着,然后迅速地向南飞去;我也受到了这片荒凉景象的影响,心情十分抑郁,想起了我的家乡。

不久,我们又穿过了好几个不起眼的小峡湾和一个名副其实的大海湾,海潮十分平静,因此使我们未作任何等待。又走了一里,我们来到了阿尔夫塔纳的一座小村庄。

我们涉水蹚过了两条小河,它们分别叫阿尔法河和埃塔河,河里有许多鳟鱼和白斑狗鱼。晚上,我们被迫在一座被遗弃的破房子里过夜;这座房子

---

① 原文如此。麻风病具有传染性但不遗传;治愈后可结婚。

简直就像是北欧神话中所有妖魔经常出入的地方，而且肯定被寒冷之神当作了自己的家，因此我们挨了一整夜的冻。

第二天的旅程没有任何特别之处。一样泥泞的土地，一样单调的景色，一样抑郁的神情。晚上，我们走完了整个旅途的一半，睡在克罗索尔勃特的“次教堂”。

六月十九日，我们脚下绵延的熔岩长达一里左右；熔岩表面的褶皱如同缆绳，一会儿舒展，一会儿蜷缩；旁边的山间，有一条巨大的熔岩流直泻而下，尽管这些山现在都是死火山，但所有的残迹都证明它们过去的活动是多么猛烈。不过，我们仍能时不时地看到地下沸泉所冒出的水蒸气。

由于我们得赶路，所以没时间观察这番景致。不久，马的脚下又出现了泥泞的土地；道路不时被一些小湖阻断。我们现在是朝着西面前进；事实上，我们已经绕过了法克萨海湾，可以看到斯奈菲尔那两座白色的山峰耸立在不到五里远的云端之间了。

马走得很好，泥泞的道路并没有难倒它们；至于我，我开始觉得非常劳累；叔叔还是像第一天那样精神抖擞；我不得不佩服我们的猎人向导，在他眼里，这次远征就像是一次微不足道的旅行。

六月二十日星期六，晚上六点，我们到达了海边小镇布蒂尔，向导索取了事先谈妥的工资。叔叔把钱付给了他。接待我们的是汉斯的亲戚，换句话说，是他的叔叔和堂兄弟；我们得到了很好的招待，要不是担心在这些淳朴的人的好意面前表现得过于随便，我真想在他们家休息一阵，解除旅途的劳累。可是叔叔没有疲劳需要解除，他也没这个打算，所以第二天，我们不得不又骑上了那些善良的马儿。

接近斯奈菲尔时，地面明显受到了这座火山的影响，它的花岗岩石根像老橡树一样裸露在地表的外面。我们绕着火山巨大的山脚前进。教授一直注视着它；他指手画脚，似乎在向它挑战，他说："这就是我要征服的巨人！"最后，经过四个小时的跋涉，马儿自动在斯塔比的神甫家门前停了下来。

四

斯塔比是一个小镇，有三十多间茅屋，建造在熔岩上面，阳光受到斯奈菲尔火山积雪的反射，可以照到这里。小镇位于一个小峡湾的尽头，峡湾的周围是形状奇特的玄武岩石壁。

我们知道，玄武岩是一种棕色的岩石，起源于火成岩。它们的排列整齐得令人吃惊。这里，大自然像人一样，用几何方式对岩石进行了雕琢，仿佛它也知道运用三角尺、圆规和铅垂线。如果说它在其他地方用大堆杂乱无章的东西、粗糙的圆锥体、并不完美的角锥体和一连串稀奇古怪的线条巧夺天工的话，那么在这里，它却要在人类最早的建筑师之前，创造整齐的范例，造就严格的秩序，无论是巴比伦的辉煌，还是古希腊的奇观，都无法和这里相提并论。

我听说过爱尔兰的巨人大道[①]，也听说过赫布里底群岛[②]上的范加尔洞[③]，但还从来没有亲眼见过真正由玄武岩构成的景观。

而在斯塔比，这种景观却淋漓尽致地展现在了我的眼前。

峡湾的石壁与半岛所有其他地方的海岸一样，是一连串高达三十英尺的垂直石柱。这些石柱笔直匀称，支撑着一道拱门，拱门顶端是一些水平的石柱，它们往外突伸着，构成了大海的半个穹顶。这些穹顶就像是天然的古罗马受雨池，每隔一段距离，就能在它的下面惊异地看到轮廓绝妙的尖形门洞，海浪穿过门洞，溅起阵阵浪花。有几段玄武岩石柱被狂怒的大海连根拔起，横倒在地上，如同古代寺庙的废墟，不过这些废墟永远年轻，岁月在它们身上流过，却没有留下任何痕迹。

这就是我们在陆地上的最后一段行程。汉斯非常聪明地引导着我们，想到他将继续陪伴我们，我就感到非常放心。

神甫的家是一座简单而矮小的棚屋，并不比邻近的房子更漂亮、更舒服。我们来到门前的时候，看到一个人手持铁锤，腰系皮围裙，正在给一匹马上掌。

“祝您快乐。”向导对他说。

“你好。”马蹄铁匠用纯正的丹麦语回答。

“神甫。”汉斯回过头来对叔叔说。

---

① 巨人大道，爱尔兰北部的自然景观，原本是一道玄武岩流，岩石在结晶后呈菱形，经过海水的侵蚀，就像是一条巨大的石板路。

② 赫布里底群岛，靠近苏格兰西北海岸，属英国，由大小五百多个岛屿组成。

③ 范加尔洞，位于赫布里底群岛的斯塔法岛上，洞内有玄武岩石柱群。

“神甫!”叔叔重复着,“阿克赛尔,看样子这个勤劳的人就是神甫了。”

这时候,向导把我们的情况告诉了神甫;后者放下了手头的工作,发出一种也许在马和马贩子中间非常流行的叫声,立刻有一个身材高大的悍妇从棚屋里出来。我看即使她没有六英尺,也不会矮到哪里去。

我担心她会照例给我们以冰岛式的亲吻;但她没有这样做,她甚至不很热情地把我们让进了屋子。

在我看来,客房是神甫家里最糟糕的房间,又小又脏,还散发着恶臭。不过我们应该满足了。神甫似乎根本没有传统的好客热情。天黑之前,我发现和我们打交道的是一个铁匠、渔夫、猎人、木匠,而不是上帝的使者。当然,现在不是周末。也许他会在星期天对此做出补偿的。

我不想说这些神甫的坏话,其实他们非常贫苦;丹麦政府给他们的薪水少得可怜,教区的税收也只有四分之一归他们所有,这点钱加起来也不到六十马克①。因此,为了谋生,他们不得不干活儿;可是捕鱼、打猎、钉马掌之类的活儿干多了,他们自然会染上猎人、渔夫和其他一些比较粗鲁的人的言语、举止和习惯;当天晚上,我发现我们的主人并没有把饮食节制列进他应该遵守的美德当中。

叔叔明白了自己在和一个什么样的人打交道;这个人不是什么正直高尚的学者,而是一个笨拙庸俗的农夫。于是他决定尽早离开这位并不好客的神甫家,开始他那伟大的探险行动。他不顾疲劳,准备到山里住几天。

就这样,我们到达斯塔比的第二天,就开始作出发的准备。汉斯雇了三

① 汉堡货币,约合90法郎。——作者原注

个冰岛人，代替马匹搬运行李；不过，双方明确约定，一旦抵达火山口的底部，三个冰岛人就将返回，由我们自己搬运行李。

趁这个时候，叔叔告诉向导，说他打算尽可能地到火山深处去探险。

汉斯只是点了点头。不管去这里还是那里，不管去岛的深处还是地面，对他来说都一样。至于我，一路上发生的事情分散了我的注意力，使我几乎忘记了将来，而现在，我觉得激动的心情重新开始变本加厉地折磨我。可这有什么用？要是我想反抗李登布洛克教授的话，我早在汉堡就会这么做，而不必等到了斯奈菲尔山脚再来尝试。

在千奇百怪的想法当中，有一个念头折磨着我，它非常可怕，足以震撼那些神经不如我敏感的人。

“好吧，”我自言自语地说，“我们要攀登斯奈菲尔山。好。我们要去看它的火山口。不错。有人曾经这样做过，而且并未因此丧命。可这还没完。如果真的有一条路能够通往地心，如果这个讨厌的萨克努塞姆说的是实话，那么我们就都会迷失在火山的地下甬道里。再说，没有任何东西能够证明斯奈菲尔是一座死火山！有谁能保证它不在酝酿着一次新的喷发？难道我们能够因为这头怪物从一二二九年起一直沉睡着，就认为它永远不会醒来了吗？如果它醒来，我们又会怎么样呢？”

这是一个值得考虑的问题，而且我的确也在考虑。我一闭上眼就梦见火山爆发。我觉得死后变成火山岩渣，这未免有点太残酷了。

最后我再也忍不住；我决定把我的想法以最为委婉的方式告诉叔叔，让他知道这种假设是完全不可能实现的。

我找到了他，把我的担心讲给他听，然后后退几步，让他能尽情发作。

“我也在考虑这个问题。”他只是这样回答。

这话是什么意思？难道他打算接受正确的意见、取消探险计划？真要是这样，那可就太好了。

他沉默了片刻，我不敢打扰他，接着他继续说：

“我也在考虑这个问题。我们一到斯塔比，我就开始关心你刚才提出的这个严重问题了，因为我们不能鲁莽行事。”

“当然不能。”我坚决地说。

“斯奈菲尔火山已经沉寂了六百年，但它随时都会醒来。不过火山爆发前总会有明显的迹象。我已经问过了这里的居民，并且研究了地面，我可以向你保证，阿克赛尔，它不会喷发的。”

听到这个肯定的回答，我愣住了，说不出话来。

“你不相信我的话？”叔叔说，“好吧，你跟我来。”

我机械地跟着他。教授带着我离开神甫的家，穿过一个玄武岩石壁的缺口，朝远离大海的方向走去。不一会儿我们就来到了旷野上——如果我可以用“旷野”这个词来形容那一大堆一望无际的火山喷发物的话。这里仿佛刚下过一场巨石雨，到处都是玄武岩石、花岗岩石和各色各样的辉石，整个旷野就像是被这场石雨砸碎了一样。

我看见到处都有火山气体在上升；这种白色的蒸汽在冰岛语里被叫作“雷基尔”，它来自于地下沸泉，非常猛烈，告诉着人们火山活动的情况。这番景象似乎证实了我的担心，所以当叔叔对我说下面这番话的时候，我感到非常惊讶：

“看到这些烟了吗，阿克赛尔？它们恰恰证明我们用不着担心火山的淫威！"

"为什么？"我叫道。

"你记住，"教授接着说，"火山爆发之前，这些气体会加倍活动，而火山爆发的时候，它们就会完全消失；这是因为岩浆失去了足够的压力，于是不再从地表的裂缝中逃逸，而是通过火山口这一途径喷出。因此，如果这些蒸汽能够保持现有的状况，如果它们的能量不再增加，如果天气不由刮风下雨转为沉闷静止，那么你就可以肯定火山在近期内不会爆发。"

"可……"

"行了。在科学事实面前，你最好还是沉默。"

我灰溜溜地回到神甫家。叔叔用科学的论据把我驳倒了。不过我还是怀着一丝希望，那就是我们在火山口的底部找不到通往地心的甬道，要是这样，就是世界上所有的萨克努塞姆一齐来也没用。

这一夜我噩梦不断，我梦见自己在火山中间、地球深处，我感觉自己是一块火山石，被喷到了星际空间。

第二天是六月二十三日，汉斯和他的同伴在等我们，他们背着食品、工具和仪器。我和叔叔负责背两根铁棒、两支长枪和两盒子弹。汉斯非常仔细，他在我们的行李中加了一只装满水的羊皮袋，加上我们的水壶，足够我们喝一星期的了。

上午九点钟，神甫和他的高个子悍妇在门口等我们，也许他们是想以主人的身份向我们这些旅行者致以最崇高的告别吧。不过我们没有想到，这种告别的形式是一张巨额账单，甚至连乡村小屋的空气都被算了进去，而我敢说这空气是臭烘烘的。这对高尚的夫妇就像瑞士的小客栈老板那样对我们敲诈勒索，为他们所谓的好客开出一份高价。

叔叔没有还价就付了钱。一个要到地心去的人是不会计较那几块银币的。

账结清之后，汉斯示意出发，不一会儿，我们就离开了斯塔比。

十五

斯奈菲尔火山高五千英尺。它的两座山峰位于由粗面岩构成的海岸的顶端，这条粗面岩石带和冰岛的山地形成了明显的反差。从我们出发的地方，看不到衬托在灰色天空中的这两座山峰，看到的只是一顶压在巨人额头上的巨大白雪圆帽。

我们排成一列前进，向导走在最前面；他在山路上攀登着，山路十分狭窄，两个人不能并行。所以大家不可能做任何交谈。

翻过斯塔比的玄武岩石壁，首先出现的是一种草质纤维性的泥炭土，这是半岛沼泽地上古代植物的遗迹；这些尚未开发的燃料总量足以供冰岛的全部人口取暖一百年；如果从某些山谷的底部开始丈量，那么这片广阔的泥炭层足有七十英尺深，并且接连含有好几层被浮石凝灰岩薄层隔开的炭化岩屑层。

作为李登布洛克教授的亲侄子,我尽管心事重重,但还是饶有兴趣地观察着展现在这巨大的自然历史陈列室里的矿物珍品;同时,我的脑海里浮现出整个冰岛的地质史。

这座奇特的岛屿显然是在一个相对较近的时期从水底上升而形成。也许它现在还在不易察觉地上升着。如果是这样,这只能是地下火山活动的结果。那么,汉弗里·戴维的理论、萨克努塞姆的密码信,还有我叔叔的看法,这一切就都将烟消云散。出于这种假设,我仔细地观察了地表的性质,很快就明白了半岛形成过程中所发生的一系列主要现象。

冰岛没有一点沉积土,完全由火山凝灰岩构成,这是一种多孔的集块岩。火山出现之前,这里是一大块绿石,在地球内力的推动下慢慢浮出水面。这时,地心的火山岩浆还没有喷发出来。

后来出现了一条很宽的裂缝,它由西南往东北横贯全岛,粗面岩浆就经由这条裂缝逐渐外溢。这一过程在当时进行得非常平缓;裂缝很大,岩浆从地心涌出,慢慢四溢,或形成广阔的平面,或形成波状的起伏。这一时期出现了长石、正长岩和斑岩。

由于岩浆的漫溢,岛屿的地层大大地加厚了,它的抗力也随之增强。溢出的粗面岩浆冷却后结成一道硬壳,将裂缝封堵住,于是大量的岩浆积聚在地表下面。终于有一天,地心的压力达到一定的程度,使地壳逐渐隆起,进而形成许多火山管。就这样,火山岩浆通过这些管道,冲破了岩层,转眼之间就在山顶形成了火山口。

从此,岩浆漫溢被火山爆发所代替。最初通过新近形成的火山口喷发出来的是玄武岩浆,我们现在所穿越的平原就是玄武岩平原的最佳典型。

我们行走在这些沉重的深灰色岩石上，它们在冷却的过程中都变成了六边形棱柱。远处可以看到大量的平顶山峰，这些山峰过去都是火山的喷口。

由于有的火山口不再喷发，所以火山积聚的能量不断增加；当玄武岩浆喷完之后，接踵而来的就是熔岩、凝灰岩和火山岩渣，它们在山坡上留下了四散的长痕，看上去就像是浓密的头发。

这就是冰岛在形成过程中所发生的一系列现象；这些现象都是由地球内部的热能所引起的，谁要是说地球内部不是一团炙热的流体，那他就是疯子。要是他想去地心，那他就是疯上加疯！

我朝着斯奈菲尔火山进发，但我对这次探险的结局已经深信不疑。

路越来越难走；地面更加倾斜；岩石的碎片滚落下来，我们必须极度小心，才能避开这些危险的坠落物。

汉斯平稳地前进着，好像走在平地上一样；有时他消失在一块巨石后面，暂时离开了我们的视线；于是他便发出一声尖锐的口哨，为我们引路。他还经常停下来，捡一些石子，铺成显眼的标记，为我们指明归途。他的细心值得称道，可是后来发生的一切使这种细心付诸东流。

我们艰难地走了三个小时，仅仅来到火山脚下。汉斯做手势让我们停下，大家吃了一顿简单的午餐。叔叔为了走得更快一点，吃了两份。不过吃饭也是休息，所以他不得不等待；直到一个小时后，向导才有了好心情，他挥挥手，让我们继续前进。另外三个冰岛人和他们当向导的同乡一样少言寡语，而且他们吃饭很有节制。

现在我们开始攀登斯奈菲尔火山的山坡。人在山中，眼睛很容易出现错觉，我觉得火山的雪峰近在咫尺，可是在登上它之前，还得花费多长的时间、付出多大的辛劳啊！那些石头既不依附在泥土上，也不依附在野草上，它们不断在我们的脚下坠落，以雪崩一样的速度消失在平原之上。

在有些地方，山坡和地平线所形成的角度至少有三十六度；攀登这样的山坡几乎是不可能的，只能不无困难地沿着那些陡峭的石子路慢慢绕上去。于是我们借助铁棒，相互帮助。

应该说，叔叔一直在尽量靠近我；他时时都注视着我，他的臂膀好几次都给了我有力的支持。至于他自己，他似乎天生就有一种平衡感，因为他从来没有摔倒过。那些冰岛人尽管重负在身，但他们以山里人特有的敏捷往上爬着。

我看着斯奈菲尔火山那高高的山峰，觉得我们不可能从山的这一侧爬上去，除非山坡不再像现在这样陡峭。所幸的是，经过一个小时的艰苦跋涉，在覆盖在山腰上的一大片积雪中间，突然出现了一条阶梯状的小路，这大大方便了我们的攀登。这条小路是由火山喷发出的岩石流形成的，当地人称之为“斯蒂纳”。如果这条岩石流在下坠的过程中没有被山坡的地形所阻挡，那么它就会直奔大海，形成新的岛屿。

这条小路帮了我们大忙。山坡更加陡峭了，可这些阶梯却使我们的攀登变得容易，甚至更快，以至于别人在向上爬的时候，只要我在后面稍稍停留片刻，就会被拉下很远，而且看到他们变得很小。

晚上七点钟，我们爬完了两千级台阶，居高临下地俯视着一座圆丘，斯奈菲尔火山的火山锥就耸立在这座圆丘上面。

大海在我们脚下三千二百英尺的地方伸展着。我们已经越过了雪线，由于冰岛的气候常年湿润，所以这里的雪线都不很高。天气十分寒冷，而且

刮着大风。我筋疲力尽。教授看到我的双腿不听使唤,尽管他很性急,但还是决定停下来。他对向导打手势,可后者却摇摇头,说:

“上去。”

“看来还得上去一点。”叔叔说。

然后他问汉斯为什么这样做。

“密斯都大风。”向导回答说。

“对,密斯都大风。”另一个冰岛人也带着恐惧的口气重复了一遍。

“这个词什么意思?”我焦急地问。

“你看。”叔叔说。

我朝平原看去。只见一道夹杂着碎浮石、沙子和尘土的气流柱像龙卷风一样地旋转上升着;风将它吹向斯奈菲尔火山的山坡,而这恰恰是我们所处的位置;气流柱就像一块不透明的帘子挡在太阳前面,将巨大的阴影投在山上。如果龙卷风发生倾斜的话,我们将不可避免地被卷进去。当冰川上吹起大风的时候,这种现象是很常见的,冰岛人把它称作“密斯都大风”。

“快跟上,快跟上。”向导叫着。

虽然我不懂丹麦语,但我明白这是要我们尽快地跟着汉斯。后者开始朝火山锥的后面绕过去,不过为了省力,他走的是一条迂回的线路。不一会儿,龙卷风就降临到山上,在它的撞击下,整座大山都在颤抖;被大风卷起的石头像雨点一样地飞舞着,仿佛火山爆发。幸好我们在山坡的背面,所以没有遇上危险。如果没有细心的向导,我们肯定会粉身碎骨,被碾成粉末,像一颗不知名的流星一样落到远方。

汉斯认为在火山锥的斜坡上过夜很冒险。于是我们继续弯弯曲曲地向上攀登;我们花了近五个小时的时间爬完了剩下的一千五百英尺;由于上山的路迂回曲折,有时还得以退为进,所以我们至少走了八英里。我又冷又饿,再也坚持不住了。稀薄的空气使我的肺闷得慌。

晚上十一点,我们终于在黑暗中抵达了斯奈菲尔火山的山顶,在躲进火山口之前,我看到了位于最低点的“午夜太阳”,它把苍白的阳光洒在我脚下沉睡着的岛上。

十六

晚饭很快就吃完了,我们几个人把自己尽量安顿好。在海拔五千英尺的高度,地面很硬,我们歇脚的地方也不牢固,条件十分艰苦。可是那一夜我睡得特别熟,是很长一段时间以来我睡得最好的一次。我甚至没有做梦。

第二天,我们在明媚的阳光下醒来的时候,几乎被凛冽的寒风吹得冻僵了。我离开我的花岗石床,饱览着眼前的美妙景色。

我站在斯奈菲尔火山的南峰顶端。从这里可以看到岛屿的大部分地区。与在其他所有地方登高俯瞰一样,海岸线似乎被抬高了,而岛屿的中央部分则好像陷了下去。看到这幅景色的人都会说我脚下的是赫尔贝斯麦制作的模型地图。我看到幽深的山谷纵横交错,悬崖犹如一口口深井,湖泊成了水塘,河流成了小溪。我的右面,绵延着数不清的冰川和山峰,有的山峰被轻烟缭绕着。这些一望无际的群山高低起伏,山顶的积雪好似白色的浪花,使我想起波涛汹涌的海面。往西看,无垠的大海伸向远方,十分壮观,仿佛和泛着白浪的山峰连在了一起。我的眼睛简直分不清哪里是陆地的尽头,哪里是波涛的开始。

我陶醉在高山之巅的奇异景色中,这次我没感到头晕,因为我终于习惯了这种雄伟的俯瞰。我眼花缭乱,沉浸在通体透亮的太阳光线里。我忘了我是谁,我在哪里,我觉得自己就是斯堪的纳维亚神话中的风神、水神和土神。我享受着高度带来的快感,暂时忘记了不久之后注定要进入的深渊。教授和汉斯也登上了山顶,他们的到来把我拉回到现实世界。

叔叔把脸转向西面,用手指着一缕轻烟、一片雾气,或是水面上的一个陆地轮廓。

“格陵兰岛。”他说。

“格陵兰岛?”我叫道。

“对,我们离那儿还不到九十英里,冰雪消融的时候,白熊会待在北极的流冰上,漂到冰岛来。不过这不重要。我们现在在斯奈菲尔火山的山顶,这里有两座山峰,一座在南面,另一座在北面。汉斯会告诉我们冰岛人管我们现在所处的这座山峰叫什么名字。”

问题提出后,向导回答说:

“斯卡尔塔里斯峰。”

叔叔得意地看了我一眼。

“到火山口去!”他说。

斯奈菲尔的火山口犹如一个倒置的圆锥，开口处直径长达一英里多。我估计它大约有两千英尺深。我们可以想象这样一个容器在装满雷电和火焰的时候会是什么样的。圆锥底部的周长不会超过五百英尺，因此它的坡度很缓，人可以轻易地到下面去。我不由自主地把这个火山口比作一支巨大的喇叭口火枪，这个比喻使我毛骨悚然。

我想："这支火枪也许装着弹药，一触即发；到这样的火枪里去，简直是疯子的行为。"

可是我无法后退。汉斯面无表情地重新走到了队伍的前头。我跟在后面，一言不发。

为了便于下降，汉斯在圆锥内壁上沿着一条长长的圆弧线前进。我们在火山喷发出的岩石中间走着，由于洞口受到震动，一些岩石跳着坠入深渊，随即发出一阵奇怪的回声。

圆锥内壁的某些部分覆盖着冰川，所以汉斯前进的时候极为小心，他用铁棒探测地面，看看是否存在裂缝。在一些可疑的路段，我们不得不用长绳将彼此连起来，这样万一有谁一脚踏空，其他同伴可以把他拉住。不过这种互助的办法只是出于谨慎，不可能万无一失。

这条下坡路向导也不熟悉，不过尽管十分艰难，一路上却没有发生任何意外，除了有一包绳索从一个冰岛人的手中滑落，以最短的路程掉到了深渊底部之外。

我们在中午到达了目的地。我抬起头，看到了圆锥的洞口，洞口里有一块圆得几乎完美无缺、但是大大缩小了的天空。高耸入云的斯卡尔塔里斯峰只是在天空的一点上清晰地显现出来。

圆锥底部有三条火山管，斯奈菲尔火山爆发的时候，地心的熔炉就是通过这些火山管将熔岩和蒸汽喷射出来的。每条火山管的直径大约都在一百英尺，它们在我们脚下张着大口。我没有勇气往里面看。而李登布洛克教授则迅速检查了它们各自的位置；他气喘吁吁地从一条火山管跑到另一条火山管，手舞足蹈地说着谁都听不懂的话。汉斯和同伴们坐在岩石上看着他，他们显然把他看成是一个疯子。

突然叔叔发出一声尖叫。我以为他失足掉进了万丈深渊，可是没有。我看到他张开双臂，分着腿，站在火山口中央的一块花岗岩前面，这块花岗岩就像是死神雕像的巨大基座。他保持着这种姿势，看上去茫然不知所措，可是不久，这种茫然就变成了无法言喻的快乐。

“阿克赛尔！阿克赛尔！”他喊着，“快来！快来！”

我跑了过去。汉斯和其他冰岛人都纹丝不动。

“你看。”教授对我说。

与教授一样，我说不清自己是惊讶还是快乐；我在岩石西面的那一侧，看到了一个名字，它是用卢尼字母写成的，由于年代久远而显得模糊不清，就是那个被我诅咒了千百次的名字：

[illegible]

“阿尔纳·萨克努塞姆！”叔叔叫着说，“现在你还怀疑什么？”

我没有回答，沮丧地回到刚才坐的熔岩上。事实把我击倒了。

我不知道这样沉思了多久。我只记得当我抬起头时，看见山口底部只剩下了叔叔和汉斯两个人。三个冰岛人已被打发走,现在他们正沿着斯奈菲尔火山外侧的山坡往下,朝斯塔比方向走去。

汉斯在一块岩石脚下的熔岩流里搭了一个简易的床铺,他安详地睡在上面;叔叔在山口底部打转,仿佛一头被困在陷阱里的野兽。我既不想、也没有力气起来,我模仿着向导,沉迷于痛苦的昏睡之中,朦胧中觉得山腰传来一阵声响,并且还在抖动。

火山口底部的第一夜就这样过去了。

第二天,天气阴沉,沉重的乌云压在圆锥顶上。我之所以注意到天气,不是因为山口内一片漆黑,而是因为教授在大发雷霆。

我知道他这样的原因,于是心中又产生了一线希望。理由是这样的:

在我们脚下的三条通道中,只有一条是萨克努塞姆走过的。根据这位冰岛学者在密码信里所作的指示,要想知道应该走哪一条通道,只有看六月底斯卡尔塔里斯峰的阴影投射在哪一条通道的边缘。

事实上,我们可以把这座尖峰看成一个巨大日晷的指时针,在某个特定的日子,指时针的阴影会为我们指明通往地心之路。

然而,如果没有太阳,就不会有阴影,所以也就无所谓指示。今天是六月二十五日。只要天气再阴五天,我们的观察就要推迟到明年。

我不想描述李登布洛克教授那无能为力的愤怒。又一天过去了,山口底部不见任何阴影。汉斯一直在他的床上待着;要是他有一点好奇心的话,一定会猜测我们在等什么!叔叔不和我说一句话。他总是注视着天空,注视着那阴沉烟灰的色调。

二十六日,还是不见太阳。雨夹着雪整整下了一天。汉斯用熔岩石盖了一间小屋。我饶有兴趣地看着成千上百条临时形成的小瀑布沿着圆锥的斜坡往下流淌，这些瀑布每打在一块石头上，就发出震耳欲聋的响声。

叔叔再也忍不住了。就是最有耐心的人也会被这种天气惹恼的，对他来说，这简直就是功亏一篑。

然而，老天爷在大悲之中也不忘夹进一点大喜，他给予李登布洛克教授的喜悦，绝不亚于绝望的苦恼。

接下来一天依然是阴天；可是六月二十八日星期天，也就是这个月的倒数第三天，月亮起了变化，天气也随之变了。大量的阳光洒进了山口。每一座山头、每一块岩石、每一块石子、每一块粗糙不平的表面都分享着四射的光线，并且将它们自己的阴影投到地上。斯卡尔塔里斯峰那尖尖的棱角也出现了，它的阴影和光芒四射的太阳一起慢慢地移动着。

叔叔也跟着阴影一起转动。

中午，影子最短的时候，它温柔地舔着中间那条火山管的洞口。

“是这儿！”教授叫道，“是这儿！通往地心的路！”他又用丹麦语补充了一句。

我看着汉斯。

“前进！”向导平静地说。

“前进！”叔叔回答。

这时候是下午一点十三分。

十七

真正的旅途开始了。在此之前,我们遇到更多的是劳累,而不是困难;而现在,我们的脚下每时每刻都有困难产生。

我还没有看过一眼我即将进入的那个深不可测的火山管,这个时刻就已经来临。现在我仍然可以做出决定,究竟是参加探险,还是拒绝尝试。可是在向导面前退缩,我会很羞愧。汉斯面对这次旅行表现得如此镇定、如此毫不在乎、如此藐视危险,以至于我一想到自己不如他勇敢,就感到脸红。如果没有别人,我肯定会列出一大堆理由;可是在向导面前,我只好一言不发;我突然想到了美丽的格劳本,然后就朝中间的那条火山管走去。

我说过火山管的直径有一百英尺,周长是三百英尺。我站在一块凸出的岩石上,弯腰往下看。我觉得毛骨悚然,感到一阵空虚。我觉得我的重心在移动,人就像喝醉了一样,头晕目眩。没有什么比这个深渊的吸引力更难以抗拒了。就在我快要掉下去的时候,一只手拉住了我,是汉斯。说到底,我在哥本哈根的弗莱瑟教堂所接受的"眩晕训练"还远远不够。

不过,尽管我对这个深渊只看了一眼,但已经了解了它的构造。它的四壁几乎是垂直的,上面有许多凸出的岩石,这对我们的下降非常有利。但是，虽然我们不缺下去的梯子，然而却没有扶手。我们可以把绳子系在通道口，然后顺着它下降，可是到了下面以后，怎样把绳子解开呢？

叔叔用一个非常简单的办法解决了这个问题。他解开一捆拇指般粗、四百英尺长的绳子，先将它的一半放下通道，然后在一块凸出的熔岩石上绕了一圈，再把另一半也放了下去。我们下降的时候同时抓住这两股绳子，这样它就不会移动了；当我们下降两百英尺以后，就放开绳子的一头，拉绳子的另一头，将它收回，这真是再容易不过了。这个过程可以循环往复，以至无穷。

“现在，”叔叔做完准备工作后说，“来关心一下行李；我们要将它们分成三包，每人背一包；我指的只是那些易碎品。”

显然，勇敢的教授并没有把我们算在易碎品之列。

“汉斯，”他继续说，“你负责工具和一部分食品；阿克赛尔，你负责武器和另一部分食品；我来背精密仪器和剩下的食品。”

“可是，”我说，“这些衣服和绳梯怎么办？谁负责把它们搬下去？”

“让它们自己下去。”

“怎么下？”我问。

“你会明白的。”

叔叔经常爱使用非常手段，而且从不犹豫。在他的指挥下，汉斯把所有不容易破碎的东西集中在一个包裹里，捆得结结实实，然后扔下了深渊。

我听见空气流动发出的声响。叔叔弯腰俯视着深渊，满意地看着行李下落，直到看不见时才挺起身来。

“好，”他说，“该我们了。”

我想问每一位诚实的人,听见这句话时有谁会不发抖!

教授、汉斯和我分别背起装满仪器、工具和武器的包裹。我们开始依次下降:先是汉斯,再是叔叔,最后是我。大家下降的时候非常安静,只有岩石碎片坠落的声音才时而打破这一片寂静。

可以说,我是在往下掉。我一只手疯子般地抓住那两股绳子,另一只手用铁棒支撑着身体。我脑子里只担心一件事:绕绳子的岩石会不会支撑不住?我觉得这根绳子不很牢固,不足以承受我们三个人的重量,因此我尽量不用它。我的手和脚努力地抓着那些凸出的熔岩石,并且在上面做着奇迹般的平衡动作。

每当汉斯脚下的石块发生滑动,他就平静地说:

“小心!”

“小心!”叔叔也重复一遍。

半小时后,我们来到一块嵌入石壁很深的岩石上面。

汉斯握住绳子的一头往下拉;绳子的另一头升了上去,越过上面凸出的岩石,重新掉了下来,同时也带下许多石头和熔岩碎块,这些碎块像雨点、甚至像冰雹,非常危险。

我站在这个狭窄的平台上俯身往下看,发现依然深不见底。

我们重新开始使用绳子,半小时后,我们又下降了两百英尺。

我不知道在这样的下降过程当中,那些对地质学如痴如狂的人是否会试图对周围的地层性质做一番研究,反正我对此毫不关心。不管这些地层生成于上新世、中新世、始新世,还是白垩纪、侏罗纪、二叠纪,或者是石炭纪、泥盆纪、志留纪,不管它们是不是原成岩,这一切都和我无关。可是教授却显然在观察和记录，因为在一次短暂的休息中，他对我说：

“我越是下降，越有信心。这里的火山地层排列完全证实了戴维的理论。我们现在处在原始地层上，在这里，金属遇到水和空气后发生燃烧，产生化学反应。我坚决反对地心存在热量的说法。这一点我们以后会知道的。”

还是这个结论。大家知道，我一点都不想和他辩论。我的沉默被他看作是同意的表示，于是我们继续下降。

三个小时后，火山管还是深不见底。我抬起头，看见洞口明显变小了。火山管的侧壁略微有点倾斜，因而在逐渐靠近。光也越来越少。

可是我们还在继续下降；从侧壁上掉下去的小石子所发出的沉浊回声来看，我觉得我们离深渊的底部已经不远。

我留心地记了一下我们使用绳子的次数，确切地算出了我们所处的深度和所花的时间。

绳子已经被我们重复使用了十四次，每使用一次花费半小时，所以我们总共用了七个小时，此外我们休息了十四个一刻钟，也就是三个半小时，加起来是十个半小时。我们出发的时候是一点钟，那么现在已经是十一点多了。

至于我们下降的深度，是十四乘以绳子的长度两百英尺，也就是两千八百英尺。

这时候汉斯说话了：

“停！”

我猛然止住脚步，我的脚差点撞到叔叔的头上。

“我们到了。”叔叔说。

“到哪儿了？”我一边问，一边滑到他的身边。

“到垂直的火山管底部了。”

“难道没有其他出路了吗？”

“有，我隐约看见有一条向右倾斜的通道。明天再说吧。我们先吃晚饭，然后睡觉。”

洞里还有一丝光线。我们打开粮食口袋，大家吃完饭后，就尽量舒服地躺在由熔岩和碎石做成的床上睡去。

我张开眼睛，脸朝天躺着。长达三千英尺的火山管仿佛是一个巨大的望远镜，在它的末端，我看到有一个发亮的东西。

那是一颗星星，它一点都不闪烁，根据我的计算，它应该是小熊星座的β星。

接着，我就进入了深深的梦乡。

十八

早晨八点，一缕阳光把我们唤醒。它洒在火山管壁的成千上万个熔岩小平面上，如同点点火星，被反射到地上。

这点光亮足以使我们看清周围的物体。

“我说,阿克赛尔,你看怎么样?”叔叔搓着双手叫道,“你在科尼街睡得能有这里安稳吗?这儿没有车马的喧嚣,没有小贩的叫卖,也没有船夫的漫骂!”

“不错,在通道底下的确很安静,可是这种安静令人害怕。”

“行了,”叔叔叫着说,“要是你现在就害怕了,以后怎么办?我们还没有下到地心一英寸深呢!”

“这话什么意思?”

“我是说我们才刚刚到达冰岛的地面上!这条垂直的管道通往斯奈菲尔火山口,它的底部大约和海平面一样高。”

“你肯定吗?”

“非常肯定。你看气压表。”

果然,随着我们的下降而逐渐升高的水银柱停在了二十九英寸的刻度上。

“你看,”教授继续说,“这里才只有一个大气压力,我真希望流体气压表能马上代替普通气压表。”

确实,当空气重量超过在海平面测得的大气压力时,普通气压表不久就会失去作用。

“可是,”我说,“难道我们不担心这种不断增大的气压会使我们受不了?”

“不会。我们下降得很慢,我们的肺会逐渐习惯于在密度更大的空气里呼吸。飞行员在高空会感到空气不够,而我们也许会感到空气太多。不过我宁可这样。别浪费时间了。我们当初扔下的包裹在哪儿?”

我这才想起前一天晚上我们曾经找过,可是没找到。叔叔问汉斯,后者用猎人的眼睛仔细观察了一番后回答:

“上面!”

“上面……”

的确,包裹挂在离我们头顶一百多英尺的一块凸出的岩石上。敏捷的冰岛人立刻像猫一样爬了上去,几分钟后,包裹就回到了我们的手中。

“现在,”叔叔说,“吃早饭,不过别忘记,我们还有很长的路要走。”

我们吃了一点饼干和干肉,喝了几口掺着刺柏子酒的水。

早饭吃完后,叔叔从衣服口袋里掏出一本笔记本;他逐一拿起各种仪器,记下了以下数据:

七月一日,星期一①

时间:早晨八点十七分。

气压:29.71 英寸。

气温:6 度。

方向:东南偏东。

这一方向是根据罗盘得出的,指的是那条黑暗通道的走向。

“现在,阿克赛尔,”教授以激动的口吻叫道,“我们将真正进入地球的内部。这是旅行开始的确切时间。”

说着,叔叔一只手拿起挂在脖子上的路姆考夫照明灯,另一只手将蛇形

---

① 原文如此(根据前后文,应为六月二十九日星期一)。

灯管通上电,一道强烈的光线穿透了黑暗的通道。

汉斯拿着另一盏照明灯,它也被点亮了。这个对电学原理的巧妙运用使我们能长时间地在人造光线下行走,即使周围充满了易燃气体。

“出发!”叔叔说道。

大家拿起各自的包裹。汉斯推着前面的绳索和衣服包,我排在第三,我们走进了通道。

在进入这条黑暗通道的瞬间,我抬起头,通过巨大的火山管,最后看了一眼冰岛的天空,也许我以后再也看不到它了。

一二二九年,当火山最后一次爆发时,岩浆就是穿过这条通道,为自己开辟一条出路的。它在通道的内壁上涂了一层既厚又亮的东西;灯光照在上面被反射回来,更增加了亮度。

路上最大的困难在于不能下滑得太快,因为斜坡的倾斜度大约有四十五度;幸而有一些凹凸不平的地方可以做我们的台阶,我们只需在自己下降的同时,把行李系在一根长绳上,随它们滑落就是了。

我们脚下的台阶其实是通道壁上的钟乳石。有些地方的熔岩布满了细孔,这些细孔犹如圆圆的小灯泡:不透明的石英水晶夹杂着纯净的玻璃珠,像水晶灯一样挂在穹顶,仿佛在我们的路上闪闪发光。人们会说这是守卫通道的鬼神为了欢迎来自地面的客人,特意点亮了他们的宫殿。

“太奇妙了!”我不由自主地叫道,“多壮观呀,叔叔!你看到这些由红褐色逐渐转为鲜黄色的熔岩层了吗?还有那些好似闪光小球的水晶?”

“啊!你也注意到了,阿克赛尔!”叔叔回答,“啊!你觉得这很壮观,孩子。我希望你还能看到其他壮观的东西。走吧!走吧!”

其实他应该说“滑吧”更为确切，因为我们在这斜坡上毫不费力地滑着。这简直就是维吉尔的作品《下地狱轻而易举》。我不停地看着罗盘，它一动不动地指着东南。通道不偏不倚，笔直地延伸着。

但是温度却没有明显升高，这应验了戴维的理论。我不止一次惊讶地看着温度计。我们出发后两小时，它还是指着十度，也就是说只升高了四度。这使我认为我们与其说是在垂直地往下走，还不如说是在水平地往前走。至于要知道确切的深度，这真是太容易了。教授一直在准确地丈量着路面的偏角和倾角，可是他始终不把观察的结果告诉我们。

晚上八点左右，他做手势让我们停下。汉斯立刻坐了下来。大家把照明灯挂在凸出的熔岩上。我们似乎处在一个洞穴中，这里并不缺少空气，相反还能感觉到一点微风。这是什么道理？这些微风来自何处？这个问题我现在不想解答。饥饿和劳累使我丧失了思考的能力。连续不断地往下走七个小时不可能不消耗大量体力。我筋疲力尽了。所以听到“停下”的时候，我非常高兴。汉斯把一些食物放在一块熔岩石上，大家津津有味地吃完了它们。不过有一件事我很担心，我们携带的水已经喝完了一半。叔叔原来打算依靠地下泉水补充我们的储备，可是迄今为止我们还没有发现地下泉水。我忍不住请他注意这个问题。

“没有地下泉水，你感到很惊讶吗？”他问。

“是的，我甚至为此担心。我们的水只够喝五天了。”

“别担心，阿克赛尔，我保证我们会找到水的，而且比我们所需要的还要多。”

“什么时候？”

“等我们走出这个熔岩层。你让泉水怎么可能从这些石壁上喷出来呢?”

“可这条熔岩流也许会延伸到很深的地方。我觉得我们并没有垂直下降多少。”

“你凭什么做这样的假设?”

“因为如果我们下到了地壳内部的深处,温度会比现在高得多。”

“这只是你的理论,”叔叔回答说,“现在温度计有几度?”

“勉强十五度,也就是说,我们出发后只上升了九度。”

“那么你的结论是什么?”

“我的结论是:根据最为确切的观点,在地球内部,每往下一百英尺,温度上升一度。不过某些局部条件会改变这一规律。比如,在西伯利亚的雅库斯特,人们发现每往下三十六英尺,温度就上升一度。这种区别显然取决于岩石的导热性能。我还要补充的是,在死火山附近的片麻岩里,每往下一百二十五英尺,温度才上升一度。我们姑且以最后一种对我们最有利的假设为根据来计算。”

“算吧,孩子。”

“这太容易了,”我一边说,一边在笔记本上排列着数字,“一百二十五英尺乘以九等于一千一百二十五英尺深。”

“完全正确。”

“怎么样?”

“根据我的观察,我们已经到达了海平面以下一万英尺的深度。”

“这可能吗?”

"当然可能,否则数字就不成其为数字了!"

教授的计算是对的。我们已经比人类所能到达的最深处——比如提罗尔①的基茨布黑尔②矿区和波希米亚③的维尔腾堡④矿区——还要深六千英尺。

这里的温度应该是八十一度,可事实上它才勉强达到十五度。这个现象非常值得思索。

十九

第二天是六月三十日星期二,六点钟,我们又开始下降。

我们仍然沿熔岩通道往下走,这是一个名副其实的自然斜坡,平缓得犹如一些老式房子里做楼梯用的斜木板。就这样,直到十二点十七分,我们赶上了汉斯,他刚刚停下。

"啊!"叔叔叫道,"我们到达火山管的尽头了。"

---

① 提罗尔,东阿尔卑斯山地区名,位于奥地利和意大利两国境内。
② 基茨布黑尔,位于奥地利的提罗尔地区。
③ 波希米亚,地区名,位于捷克共和国西部。
④ 维尔腾堡,德国地区名。

我环顾四周。我们处在一个三岔路口的中央，有两条同样黑暗和狭窄的路伸向远方。应该走哪一条？这是个难题。

可是叔叔不想在我和向导面前表现出丝毫犹豫；他用手指了指东面的坑道，不久我们三个人就全都钻了进去。

话说回来，在这两条路面前，无论怎么犹豫都是不会有结果的，因为没有任何标志能促使你选择走这条或者那条道路；完全得碰运气。

这条新的通道倾斜得不很明显，但是每个路段的差别都很大。有的时候，我们眼前会出现一连串拱门，仿佛是哥特式教堂的后殿。在这里，中世纪的艺术家们可以研究到这种以尖形穹隆为骨胎的宗教建筑的所有形式。往前一里路，在罗曼风格的扁圆拱洞前，我们只好低着头前进，那些插入石壁的巨大石柱在拱底石的重压下都变得弯曲了。在某些地方，这种景观则让位于一些低矮的结构，它们就像是河狸的杰作，迫使我们不得不爬着穿过这些狭窄的羊肠小道。

温度仍然维持在一个可以忍受的范围之内。我不由地想，当斯奈菲尔火山喷出的岩浆沿着这条如此宁静的通道磅礴而出的时候，这里的温度会有多高。我想象着被通道的尖角所折断的火流，以及积聚在这个狭小区域内的炙热蒸汽！

“但愿，”我想，“这座古老的火山不要在沉寂了这么长时间以后突然心血来潮！”

我没有把这些想法告诉李登布洛克叔叔；他不会理解的。他唯一的念头就是前进。他走着，滑着，甚至是滚着，心里怀着一种令人钦佩的信念。

晚上六点，经过不算太累的跋涉，我们往南走了五英里，可是勉强只下降了四分之一英里。

叔叔示意大家休息。我们吃饭的时候没有多说话，饭后也没有多做思考，就睡着了。

我们过夜的装备非常简单；大家都裹在旅行被里，它是我们唯一的卧具。我们既不用担心寒冷，也不用担心干扰。那些深入非洲沙漠或者新大陆森林的旅行者在睡觉的时候必须轮流值班。然而这里却是绝对清净和安全，用不着害怕任何野人或猛兽。

第二天我们醒来时，觉得头脑清醒、精神饱满。我们重新上路。和前一天一样，大家沿着熔岩坑道前进。我们无法辨认坑道所穿越的地层的性质。它并不是往下通向地心，而是完全平行地延伸着。我甚至还觉得它稍稍朝地面上升了一点。到了上午十点，这种情况变得非常明显，这使我们感到十分劳累，我不得不放慢了脚步。

“怎么了，阿克赛尔？”教授不耐烦地问。

“我支持不住了。”我回答。

“什么！在如此平坦的路上才走了三个小时！”

“路的确很平坦，可也非常累人。”

“怎么？我们只是在往下走！”

“请别见怪，是往上！”

“往上！”叔叔耸了耸肩说。

“不错。斜坡在半个小时前就发生了变化，要是这样走下去的话，我们肯定会回到冰岛的地面上。”

教授不服气地摇了摇头。我试图说下去，可他不回答我，示意我们继续前进。我明白他之所以沉默，是因为强忍怒火的缘故。

我勇敢地背起沉重的行李，快步跟着汉斯，他已经落在了叔叔的后面。我努力不让自己被拉下太远，不让同伴们从我的视线里消失。想到在这个深不可测的迷宫里迷失方向，我就不寒而栗。

此外，虽然上坡路走起来非常吃力，但我想它正在把我们带向地面，因此感到很安慰。这是我的希望，而且我们每走一步，它就得到一次证明。想到就要和小格劳本相聚，我有说不出的喜悦。

中午时分，坑道侧壁的外貌发生了变化，它所反射出的照明灯光越来越暗。石壁外面的熔岩层逐渐被裸露的岩石所取代。构成石壁的岩石层倾斜着，而且经常是垂直排列。我们正处在地质上的过渡时期，也就是志留纪①。

“很明显，”我叫道，“这些板岩、石灰岩和砂岩都是在第二纪由于水的沉渣而形成的！我们正在离开花岗岩石壁！我们就像某些汉堡人一样，想去卢卑克，走的却是通往汉诺威②的路。”

我本应该把这些话留在心里的，可是我的地质学家脾气胜过了我的谨慎。李登布洛克叔叔听见了我的叫喊。

“你怎么了？”他问。

“你看！”我一边回答，一边指给他看那一连串变化丰富的砂岩、石灰岩和板岩地层的最初标记。

---

① 之所以这样命名，是因为这一时期的地层在英国分布非常广泛，这些地方过去被一个名叫志留的克尔特民族所居住。——作者原注

② 汉诺威和卢卑克，德国城市，分别位于汉堡的南面和东北面。

“怎么样?”

“在我们现在所处的地质时期,出现了最早的动植物!”

“啊！你这样想?”

“你自己看、自己观察、自己判断吧!”

我硬是让教授用照明灯在坑道的石壁上来回照了一番。我以为他会发出一阵惊叫,可是他一言不发,继续走他的路。

他究竟明白了我的意思没有？是他出于叔叔和学者的自尊而不愿承认自己走错了坑道？还是他决心将对这条坑道的勘探进行到底？显然我们已经离开了岩浆喷发的通道,这条路是不会把我们带到斯奈菲尔火山的核心去的。

不过我也在问自己是否过于看重地层的变化了。是不是我自己弄错了呢？难道我们所穿越的岩石层,真的仅仅是覆盖在花岗岩石壁上的一层表面吗?

“要是我没说错,”我心想,“就应该找到一些原始植物的碎片,事实胜于雄辩。找吧!”

我还没有走出一百步,就看到了不容辩驳的证据。这个证据十分确凿,因为在志留纪,海水里生活着一千五百多种动植物。我的双脚已经习惯了坚硬的熔岩地面,可现在它们突然踏在了一堆植物和贝壳类动物的遗骸碎片上。石壁上墨角藻和石松的痕迹清晰可见。李登布洛克教授不会不注意到这些,可我想他是故意视而不见,他依然迈着不变的步伐前进着。

他的固执未免太过分了。我忍无可忍,从地上拾起一只保存得相当完好的甲壳,这只甲壳曾属于一种和现在的鼠妇相似的动物;我走到叔叔面

前,对他说:

“你看!”

“这个嘛,”他平静地说,“这是三叶虫纲中已经灭绝的一目甲壳动物的外壳,仅此而已。”

“难道你不能由此得出……”

“和你一样的结论?不,我完全可以同意你的结论:我们已经离开了花岗岩层和熔岩喷发的通道。也许是我走错了路;可是,我只有在到达这条坑道的尽头之后,才会确定自己所犯的错误。”

“你做得对,叔叔,如果我们没有受一个与日俱增的危险的威胁,我也一定会赞同你的。”

“什么危险?”

“缺水。”

“那么我们就限量饮水,阿克赛尔。”

二十

我们的确必须限量饮水了。我在吃晚饭的时候获悉,我们携带的水只够喝三天了。而令人绝望的是,在过渡期的地层里,我们很少有机会找到泉水。

第二天一整天,坑道在我们的脚下展现着无穷无尽的拱门。我们几乎一言不发地走着,仿佛全被汉斯的寡言感染了。

道路并没有上升,至少上升得不明显,有时它甚至好像在往下倾斜,不过倾斜得不厉害。这种趋势并不能使教授放心,因为地层的性质没有发生改变,而过渡期的特征却表现得越来越清楚。

灯光照得石壁上的板岩、石灰岩和古老的红色砂岩熠熠生辉。我们仿佛置身于德文郡①的露天坑道之中,德文郡这个名字也被用来命名这类泥盆纪地层。石壁的表面覆盖着一层美丽的大理石,有的呈玛瑙灰色,带有参差而鲜明的白色纹理;有的则呈肉红色,或是夹有片片红色的黄色;远处是深色的红纹大理石,里面的石灰岩色彩鲜艳,非常夺目。

这些大理石大多都带有原始动物的痕迹。从前一天起,造物就有了明显的进步。我看到的不再是简单的三叶虫,而是一些结构更为完善的动物残骸,比如硬鳞鱼、蜥蜴龙等,后者被古生物学家认为是最早出现的爬行动物。在泥盆纪的大海里,这样的动物有很多,它们后来被成千上万地沉淀在新生代时期的岩石上。

很明显,我们在沿着动物系统树往上走,而占据着系统树顶端位置的就是我们人类。可是李登布洛克教授似乎根本没有注意到这一点。

他等待着两件事:要么脚下出现一条垂直的坑道,让他能继续下降;要

---

① 德文郡,英国地名,位于英格兰西南,英吉利海峡和布里斯托尔湾之间。该地的泥盆纪地层被最早研究,故西文中的“德文”二字也可解释为“泥盆纪”。

么被一个障碍挡住,无法继续前进。然而,他的希望还没有实现,夜晚就来临了。

这一天晚上,我开始感到了口渴的折磨。第二天星期五,我们这一小队人马重新闯进了弯曲的坑道。

走了十个小时,我发现反射在石壁上的灯光在奇怪地减少。石壁上的大理石、板岩、石灰岩和砂岩逐渐被一种暗淡无光的岩层所代替。在坑道的一个狭窄处,我把身体靠在左面的石壁上。

当我把手收回来的时候,发现它完全变黑了。我仔细看了一下,原来我们周围全是煤。

"这里是一个煤矿!"我大声叫了起来。

"一个没有矿工的煤矿。"叔叔回答说。

"哎!谁知道?"

"我知道,"教授以短促的语气回答我,"我肯定这条穿越煤层的通道不是由人工挖成的。不过它究竟是不是自然的杰作,这并不重要。吃晚饭的时间到了,我们吃晚饭吧。"

汉斯准备了一点食物。我勉强吃了几口,喝了分配给我的那几滴水。向导的水壶里还有半壶水,这就是可供我们三个人解渴的全部剩水了。

晚饭后,我的两个旅伴躺进了各自的被子,在睡梦中找到了医治疲乏的良药。我却睡不着,数着时辰挨到了天亮。

星期六早晨六点钟,我们又出发了。二十分钟后,我们来到一个巨大的洞穴;这时候我才承认这个煤洞不可能靠人工挖出来,否则洞的穹顶一定有柱子支撑着,而事实上支撑着穹顶的却是一种神奇的平衡力。

这个洞穴宽一百英尺，高一百五十英尺。地层由于剧烈的地下震动而裂开。土块在巨大推力的作用下四分五裂，留下了这个宽大的空间，地球上的居民还是第一次到达这里。

在洞穴黑暗的石壁上，写着石炭纪的全部历史，地质学家可以轻而易举地看到不同时期的特点。煤床被紧密的砂岩层和黏土层分开，好像受着上面岩层的重压。

这个时期比中生代早，当时，由于炎热和持续潮湿的双重作用，地球上生长着许多巨型植物。但是，在地球的周围存在着一个水蒸气层，它将太阳的光线吞噬殆尽。

由此得出的结论是：地球上的高温并不来自于太阳这个新生的火炉。也许，当时这颗恒星还没有做好发光的准备呢。那时候，地球上根本没有所谓的气候，无论是在赤道还是在两极，到处都弥漫着酷热。那么这些热量来自何处？当然是地球内部。

与李登布洛克教授的理论相反，地球内部蕴藏着巨大的热能；人们甚至可以在地壳的最外层感受到它的作用；植物由于缺乏阳光的照射，既不开花，也没有香味，但是它们的根却深入古老而炙热的地层下面，顽强地汲取着生命。

树很少，只有一些草本植物，还有一望无边的草地、蕨类、石松和封印木，这些植物现在都很稀有，可在当时却有成千上万。

煤就是起源于这些茂盛的植物。那时的地壳具有伸缩性，在地球内部液体流动的作用下，地壳上产生了许多缝隙和凹陷。植物被淹没在水下，逐渐形成了巨大的矿体。

这时，自然界的化学作用开始介入。植物矿体先变成泥炭；然后在气体的影响下，经过发酵，被完全矿化。

于是便形成了这些巨大的煤层，但是，如果工业国家的人民不加注意、对它们过度开采的话，那么这些煤层将在不到三个世纪的时间内枯竭。

我一边想，一边观察着蕴藏在这一部分地层里的丰富的煤炭资源。也许这些资源永远不会有人来开采，因为开采这些深层煤矿要花费的代价太昂贵了。再说，既然许多地方的地表都蕴藏着大量的煤，何必要开采这么深的煤矿呢？所以，我看到的这些煤层将永远保持原状，直到世界的末日。

我们继续走着，在我们三个人当中，只有我沉醉在地质学的思考之中，忘却了道路的漫长。与我们穿越熔岩和板岩的时候相比，气温没有丝毫变化。可是我明显地嗅到了一股原始碳氢化合物的气味。我立刻意识到坑道里存在着大量被矿工们称为瓦斯的危险气体，它的爆炸经常造成可怕的灾难。

幸而我们用于照明的是路姆考夫的天才发明。要是我们一不小心，不幸地举着火把在这条坑道里勘探的话，那么可怕的爆炸不仅会结束这次旅行，而且也将终结所有的旅行者。

我们在煤层中一直走到晚上。叔叔勉强克制着水平前进的道路给他带来的焦急情绪。四周仍然漆黑一片，二十步以外就看不清任何东西，当然也无法估计坑道的长度。我甚至开始认为这条坑道无穷无尽。可是到了六点钟，一堵石壁突然出现在我们面前，上下左右都没有通道。我们到了死胡同的尽头。

“好极了！”叔叔叫道，“我至少知道该怎么做了。我们走的不是萨克努塞姆走过的路,所以只能往回走。先休息一个晚上,我们将在三天之内回到两条坑道交叉的地方。”

“对,”我说,“只要我们还有力气。”

“为什么没有?”

“因为明天我们将完全断水。”

“难道勇气也将随之消失吗?”教授说着,严厉地看着我。

我不敢回答。

二十一

第二天一早,我们就出发了。我们必须抓紧时间,因为距离两条坑道的交叉口还有五天的行程。

我不想没完没了地描述我们归途的痛楚。叔叔以一个并不坚强的人的愤怒忍受着这种痛楚;汉斯则以他平和的天性顺从着;至于我,应该承认我一直在绝望地抱怨;我根本没有心思和这个厄运抗争。

正如我所预料的那样,第一天的行程结束后,水已经喝完,剩下的只有刺柏子酒。可是这种烈酒灼人喉咙,我甚至连看它一眼都受不了。我觉得气温高得令人窒息,劳累几乎要使我瘫痪。好几次我差点倒在地上,失去知觉。于是我们停下来休息;叔叔或冰岛人尽量给我鼓励。可是我已经注意到,叔叔同样也在艰难地忍受着极度的劳累和缺水的折磨。

七月七日星期二,我们手脚并用,终于半死不活地到达了两条坑道的交叉口。我就像一堆没有生命的东西,躺倒在熔岩地面上。当时是上午十点钟。

汉斯和叔叔靠在石壁上,试图嚼几块饼干。我嘴唇肿胀,发出长长的呻吟,已经不省人事了。

过了一会儿,叔叔走近我,把我抱在怀里。

“可怜的孩子!”他以充满怜悯的口气轻声说。

我从没看到这位粗暴的教授竟会如此温柔,他的话使我很感动。我抓住他那颤抖的手。他不反抗,只是看着我,他的眼睛湿润了。

我看见他拿起背在身上的水壶,出乎意料地将它凑近我的嘴唇:

“喝吧。”他说。

我有没有听错?叔叔疯了吗?我傻呵呵地看着他。我简直不想听懂他的话。

“喝吧。”他又说了一遍。

他举起水壶,把里面所有的水都倒进了我的嘴里。

噢!真是莫大的享受!一口水浸润了我那火烧火燎的喉咙,虽然仅仅是 口,但它足以唤醒我那正在离去的生命。

我双手合十,感谢叔叔。

“不错,”他说,“一口水!最后一口!你听见没有?最后一口!我一直把它珍藏在水壶里,一而再、再而三地抵御着把它喝光的可怕诱惑!不,阿克赛尔,这是我为你留的。"

"叔叔!"我喃喃地说,眼睛里充满了泪水。

"是的,可怜的孩子,我知道到达坑道交叉口的时候,你会半死不活地倒在地上,所以我留下了这最后几滴水来救你。"

"谢谢! 谢谢!"我叫道。

尽管一口水对我的干渴来说只是杯水车薪,但我多少恢复了一点体力。我一直紧张着的喉咙肌肉放松了下来,嘴唇的烧灼感也减轻了。我可以说话了。

"我看,"我说,"现在我们只有一条路可走;我们没有水,必须回去。"

我说这番话的时候,叔叔一直不看我,他低着头,眼光避免和我接触。

"必须回去,"我叫道,"回到通往斯奈菲尔火山的那条路上。愿上帝赐给我们力量,让我们回到火山口!"

"回去!"叔叔说,仿佛他不是在回答我,而是在回答他自己。

"对,回去,一刻也不要耽搁。"

大家静默了很长一段时间。

"这么说,阿克赛尔,"教授用一种奇怪的语气继续说,"这几滴水没有恢复你的勇气和毅力?"

"勇气!"

"我看你还是和以前一样垂头丧气,说着绝望的话!"

我在和一个什么样的人打交道? 他那大胆的脑子里又在酝酿着什么计划?

"怎么? 你不想回去? ……"

“让我在看到成功希望的时候放弃这次探险，这办不到！”

“这么说我们只有死路一条了？”

“不，阿克赛尔，不！你走吧，我不想让你死！汉斯会陪你回去。让我一个人留下来！”

“你让我抛下你？”

“别管我，听我的话！既然我已经开始了这次旅程，就要把它走完，否则我就不回去。你走吧，阿克赛尔，走吧！”

叔叔说话时异常激动。他的声音温柔了一阵，马上又恢复了生硬和威胁的口气。他在以一种可悲的毅力和不可能办到的事情抗争！我不愿将他一个人抛弃在这个深渊里，可是另外一方面，自卫的本能在促使我离开他。

向导以他惯有的冷漠看着我们争吵。他完全猜得出他的两个旅伴之间发生了什么事情，我们的手势清楚地说明了彼此试图让对方走的两条不同的道路。可是汉斯似乎对这个关系到他自己生死存亡的问题并不感兴趣，只要主人叫他出发，他就会出发，而只要主人稍微有一点留下来的意思，他就会留下来。

要是现在我能得到他的理解该有多好！我的话语、我的呻吟、我的语气应该打动了这个冷漠的人。他似乎还没有意识到我们所处的危险境地，可我会使他明白、让他感觉到的。我们两个人联合起来，也许就可以说服这个顽固的教授。必要的时候，我们还可以强迫他回到斯奈菲尔火山口上去！

我走近汉斯，把我的手放在他的手上。他一动不动。我指给他看通往火山口的路。他无动于衷。我喘着粗气，向他显示我的痛苦。冰岛人摇了摇头，平静地指了指叔叔。

“主人。”他说。

“主人!”我叫道,“疯子！不,他无权主宰你的生命！我们必须逃回去！必须把他也拖回去！你听见没有？懂我的话吗?”

我抓住汉斯的胳膊,想强迫他起来。我和他争执着。这时候叔叔插了进来。

“安静点,阿克赛尔,”他说,“你是不会从这个无动于衷的向导那里得到什么的。所以你还是听听我的建议吧。”

我交叉双臂,看着面前的叔叔。

“我们实现计划的唯一困难,”他说,“就是缺水。东面这条坑道是由熔岩、板岩和煤层组成的,在那里我们连一个水分子都没有找到。如果我们走西面的那条坑道,可能会更幸运一点。”

我摇了摇头,根本不相信。

“听我把话说完,”叔叔提高嗓门继续说,“你在这儿一动不动地躺着的时候,我去观察了这个坑道的构造。它直接伸入地球的深处,不久就会把我们带到花岗岩层,在那里我们应该能找到充足的泉水。这是岩石的性质所决定的,我的直觉和事物的逻辑都会证明我的想法。所以我要向你提一个建议。哥伦布要求他的船员再给他三天时间寻找新大陆,尽管船员们疾病缠身、充满恐惧,但他们还是答应了这个要求,结果他发现了新世界。我是地下世界的哥伦布,我只要求你再给我一天的时间。如果一天以后还没有找到我们所需要的水,我发誓,我们就回到地面上去。”

尽管我非常恼怒,但还是为叔叔的话和他说这些话时的坚决神情所感动。

“好吧！”我叫着说，“但愿天遂人愿，也但愿上帝能奖赏你的超人毅力。你只有几个小时的时间去碰运气了。快上路吧！”

二十二

我们开始从另一条坑道下降。汉斯和往常一样走在前头。教授用灯在石壁上照来照去。我们走了不到一百步，他就喊道：

“这些是原始地层！我们走对了路，走吧！走吧！”

地球在诞生之初、逐渐冷却的时候，体积变小，这造成了地壳的错层、断裂、收缩和缝隙。我们现在行走的这条坑道就是这样形成的，它是从前火山爆发时花岗岩浆的喷射通道。通道里成千上百个转折在这块原始土地上构成了一个错综复杂的迷宫。

随着我们的下降，构成原始地层的一系列曲线更加清晰地展现在眼前。地质学把这种原始地层看成是矿物层的基础，并且认为它由板岩、片麻岩和云母片岩构成，这三个不同的岩石层都附着在一种十分坚固的岩石上，这种岩石就是花岗岩。

此外，从来没有哪个矿物学家能有幸置身于如此美妙的环境中实地研究自然。聪明强大的勘探器并不能把所有有关地球内部结构的情况带回地面，但我们却可以亲眼看见、亲手触摸。

在美丽而泛着微绿的板岩层中间，蜿蜒着一些金属矿脉，有铜、锰，还有微量的白金和金。我心想，贪婪的人类永远也无法享受这些埋藏在地球深处的财富！地球早期的变迁将它们埋得如此之深，以至于无论是用锄头还是洋镐都不可能将它们挖出来。

板岩之后是层状结构的片麻岩，它们的薄层纹工整而平行；再接着就是云母片岩，它们排列成很大的薄片形状，在闪闪发光的白云母的衬托下格外显眼。

照明灯光遭到岩石上小平面的反射，呈各个角度相互交叉，令我恍如置身于一颗空心的钻石当中，里面的光线来回折射，叫人眼花缭乱。

八点钟左右，这个光的聚会明显地减弱、甚至停止了；石壁带上了一种昏暗的水晶色调；云母更加紧密地混杂在长石和石英当中，形成一种特别坚硬的岩石，这种岩石承受着地球四个地层的重量，却仍然没有被压垮。我们被关在一座巨大的花岗岩监狱里。

晚上八点。仍然没有水。我痛苦至极。叔叔在前面走着，他不愿停下来。他伸长耳朵，希望听到泉水的潺潺声。但是没有！

可是我的腿再也支撑不住我的身体。我忍受着折磨，为的是不让叔叔被迫停下。对他来说这会是绝望的打击，因为最后一个属于他的日子正在结束。

我终于用尽了力气，叫了一声，便晕倒在地。

“救命！我要死了！”

叔叔返身走过来。他交叉着双臂，眼睛看着我；然后从嘴里发出这样一句沉闷的话来：

“全完了！”

我最后看了一眼他那可怕而愤怒的动作，接着就闭上了眼睛。

我重新睁开双眼的时候，看到我的两个旅伴一动不动地裹在被子里。他们在睡觉吗？可是我一刻也睡不着。我受的折磨太多了，尤其是想到自己的痛苦不可能得到缓解的时候。叔叔刚才说的最后一句话在我耳边回响：“全完了！”因为在身体如此虚弱的情况下，要回到地面上去简直是不可想象的事情。

地壳有将近四英里厚！我觉得它的全部重量都压在我的肩上，我快要被压扁了，就连在花岗岩石床上翻个身都要花很大的力气。

几个小时过去了。死一般的寂静笼罩着我们。这里的石壁最薄也有五英里厚，因此听不见任何从石壁另一头传来的声音。

可是，我在昏睡中似乎听见了什么动静。坑道里漆黑一片。我使劲地看着，隐约看到那个冰岛人手里拿着一盏灯走了。

汉斯为什么走？难道他要抛下我们？叔叔睡着了。我想叫，可是我嘴唇干涸得厉害，根本发不出声音。周围越来越黑，连最后的声音也消失了。

“汉斯抛下我们走了！”我叫道，“汉斯！汉斯！”

我只是在心里叫着，任何人都听不见。但是，在最初的恐惧过去之后，我开始对自己的多疑感到羞愧，迄今为止，汉斯的品行没有任何可疑之处。他没有朝坑道上面走，而是在往下走；如果他心术不正的话，他应该往上，而不是往下。想到这里，我稍稍得到了一点安慰，思绪也转到了另外一个方面。汉斯是一个性格沉静的人，只有非常重要的原因才能打断他的休息。

他会不会发现了什么？或者是不是在静谧的黑夜里听到了什么我没有听到的声音？

二十三

整整一个小时，我近乎错乱的脑子里一直想着促使这位安静的向导离开我们的原因。我的思想混乱不堪，充满了各种荒谬的念头。我想我快发疯了！

终于，深邃的坑道里传来一阵脚步声。汉斯回来了。摇曳不定的灯光先映在石壁上，然后通过坑道的洞口照射进来。汉斯出现了。

他走到叔叔身边，把手放在他的肩上，轻轻把他摇醒。叔叔坐了起来。

"怎么了？"他问。

"水。"向导回答。

应该承认，在巨大痛苦的启发下，每个人都能听懂好几种语言。尽管我一个丹麦词都不会，但凭我的直觉就能猜出向导的话是什么意思。

"水！水！"我一边叫，一边拍手，像疯子一样地手舞足蹈。

"水！"叔叔重复道。"哪里？"他问冰岛人。

"下面。"汉斯回答。

哪里？下面！我什么都明白了。我抓住向导的手，用力捏了捏，他则静静地看着我。

准备工作很快就绪，不一会儿，我们就重新在坑道里前进了；我们每前进三英尺，坑道便往下倾斜一英尺。

一小时后，我们走了六千多英尺，下降了两千英尺。

这时候，我清楚地听到，从侧面的花岗岩石壁传来一种陌生的声音，就好像是遥远的雷声。可是走了半小时以后，我仍然没有见到汉斯所说的泉水，于是我又焦急起来；这时候叔叔告诉了我声音的源头。

“汉斯没有弄错，”他说，“你现在听到的是水流的声音。”

“毫无疑问，我们附近有一条地下河！”

我们因希望而感到极度兴奋，于是加快了脚步。我忘记了疲劳，潺潺的水声已经使我大为清醒。这声音越来越大，它在我们头上流了很长一段时间，现在是在左面的石壁里奔腾咆哮了。我不停地用手摸着石头，希望能在上面找到一点水痕或潮气。可是没有。

又过了半小时，我们又走了一英里半路。

显然，刚才向导离开我们去找水的时候，没能比现在走得更远。凭着一个山里人、一个寻水者的直觉，他透过岩石“感觉”到水流的存在，但他肯定没有亲眼看到这珍贵的液体，也没有在那里开怀畅饮。

不久，我们确确实实地感觉到，越是往前走，离开泉水反而越远，因为水流声正在逐渐减弱。

我们折返回来。汉斯停在了离水流最近的地方。

我靠着石壁坐下来，水就在离我两英尺开外的地方湍急地流着。可是一堵花岗岩石壁把我们隔开了。

我未加思考，也没有想一想用什么办法可以搞到这些水，就又陷入了绝望。

汉斯看着我，我似乎看到他的唇边泛起了一丝微笑。

他站起身来，拿起照明灯。我跟着他。他朝石壁走去。我注视着他。他把耳朵贴在干燥的岩石上，一边慢慢地移动，一边仔细地听着。我知道他是在寻找水声最响的地方。最后，他发现这地方就在离地面三英尺高的左侧壁上。

我激动极了！我甚至不敢猜测向导打算干什么！可是，当我看到他抓起十字镐、准备凿岩石的时候，我不仅完全明白了他的意图，而且还要拥抱他、为他鼓掌。

“得救了！”我叫道。

“对，”叔叔疯狂地重复着我的话，“汉斯没有弄错！啊！聪明的向导！我们还真想不到这个办法！”

我完全同意！不管这办法有多么简单，我们是不会想到它的。用十字镐挖凿地球的骨架，这实在是太危险了。万一发生塌方，我们都会被压死！湍急的水流穿过岩石，说不定还会把我们淹死！这并不是危言耸听；可是塌方也好，洪水也好，任何恐惧都不能阻挡我们，我们太渴了，为了解渴，我们甚至可以一直挖到大西洋的海底。

汉斯开始干活儿了。这活儿绝对不能让我和叔叔去干，因为我们太性急了，一镐下去，准会把岩石砸得粉碎。可是向导却显得很平静、很温和，他不断地轻轻敲击着岩石，将它凿薄，在上面挖出一个约六英寸宽的口子。我听见水流声越来越响，仿佛已经感觉到滋润的泉水溅上了嘴唇。

不多久，十字镐已经在花岗岩石壁中凿进了两英尺。这项工作持续了一个多小时。我急死了！叔叔准备亲自动手，我拦都拦不住他，他已经拿起了十字镐。这时候突然传来一声尖锐的鸣叫，一股水柱从石壁中喷出，射到对面的岩石上。

汉斯几乎被水的冲力撞倒，痛得他忍不住叫了起来。我把手伸进水柱，也大叫了一声。这时候我才明白汉斯为什么会不堪疼痛：水是滚烫的。

“这是沸水！”我叫道。

“它会冷下来的。”叔叔回答。

坑道里弥漫着蒸汽，一条小溪正在形成，并且蜿蜒着消失在地下深处；不久以后，我们就喝到了第一口泉水。

啊！多美的享受！这种快感真是无可比拟！这是什么水？它从何而来？这并不重要。反正它是水，虽然是热的，但它为垂死的我们注入了新的生命。我不停地喝着，甚至连味道都不尝一尝。

我尽情享受了一分钟，然后才叫道：

“这水里含有铁质！”

“这对胃很有好处，”叔叔答道，“它的矿化程度很高！我们这次旅行可以和斯巴①或托朴里茨②之旅相媲美！”

“啊！太好了！”

---

① 斯巴，比利时小镇，位于阿登山区，以含丰富铁质和碳酸氢盐的矿泉水著名。

② 托朴里茨，波希米亚温泉。

“的确如此,这是取自地下五英里的水！它有点墨水味,可并不令人讨厌。这个了不起的水源是汉斯为我们找到的！因此我建议用他的名字来命名这条有益健康的小溪。”

“好!”我叫道。

“汉斯小溪”这个名字立刻被采用了。

汉斯并不以此为荣。他恰如其分地喝了一点水之后,就像平常一样安静地靠在一个角落里。

“现在,”我说,“我们不能让这些水白白流走。”

“流走又怎么样?”叔叔回答,“我认为这泉水是不会枯竭的。”

“管他呢！让我们把水壶全部灌满,然后把洞口堵住。”

我的建议得到了采纳。汉斯试图用花岗岩碎块和麻绳将石壁上的缺口堵住,可这并不容易。尽管我们烫着了手,可还是没能成功;水的压力太大了,我们的努力徒劳无功。

“从水柱喷出的力量来看,”我说,“这条地下河的水面一定在很高的地方。”

“这是肯定的,”叔叔接着我的话说,“如果这根水柱有三万二千英尺高的话,那么它的压力就相当于一千个大气压。不过我倒有个主意。”

“什么主意?”

“我们为什么一定要把洞口堵上呢?”

“因为……”

我的确想不出理由。

“等我们的水壶又空了的时候,你能保证再把它们灌满吗?”

“当然不能。”

“那就让这水流吧！它会自然地往下流，为我们指路、解渴！”

“真是个好主意！”我叫道，“有这条小溪做伴，我们没有任何理由不实现我们的计划。”

“啊！你总算明白了，我的孩子。”叔叔笑着说。

“我不仅明白，而且还清醒得很。”

“等一等！我们还是先休息几个小时吧。”

我真的忘记已经是夜里了，还是计时器提醒了我。不久，我们每个人都吃饱喝足，香甜地睡着了。

二十四

第二天，我们已经忘记了以前的痛苦。我起先很奇怪自己怎么不口渴了，而且在寻找原因。脚下小溪的潺潺声回答了我。

我们吃了早饭，喝了既可口、又富有铁质的水。我浑身是劲，决心走得更远。有汉斯这样能干的向导，有我这样“坚决”的侄子，叔叔这个自信的人还会有什么做不成功的事呢？这些美好的想法全都钻进了我的脑子！如果有谁建议我回到斯奈菲尔火山的山顶去，我一定会生气地拒绝他的。

不过值得庆幸的是，我们只是在下降。

“走吧！”我叫道，我充满激情的声音唤起了地球古老的回声。

星期四早晨八点，我们重新上路。曲折蜿蜒的花岗岩坑道经常出人意料地拐弯，犹如一座杂乱无章的迷宫；不过总的说来，它的方向还是朝着东南。叔叔不时仔细地观察着罗盘，以了解我们所走的路。

坑道几乎是水平地延伸着，每前进六英尺最多只下降两英寸。小溪在我们的脚下平缓地流着。我把它当作指引我们穿越地球的亲密的精灵，我用手轻抚着温柔的溪水，听它的歌声陪伴我们的步伐。我神话般地开始有了一个好心情。

至于叔叔，他是个“崇尚垂直的人”，因此一直咒骂着坑道过于水平。路在他的脚下无尽地延伸着，用叔叔的话来说，它不是顺着地球的引力线垂直往下，而是像直角三角形的斜边一样在往下滑。可是我们别无选择，只要我们在朝地心接近，不管怎么慢，我们都不应当抱怨。

不过有的时候，斜坡会突然变陡；小溪便呼啸着滚滚而下，我们也随着它下到更深的地方。

总之，这一天和第二天，我们走了许多水平路，下降得则相对较少。

七月十日星期五晚上，根据推算，我们应该在离雷克雅未克东南七十五英里、深度为六点二五英里的地方。

这时候，我们的脚下出现了一个可怕的深井。叔叔计算了它的倾斜度之后，不禁拍起手来。

“它能轻而易举地把我们带到很远的地方，”他叫道，“因为凸出的岩石可以做我们的阶梯！”

汉斯安排好绳索，以防不测。我们开始下降。我不应该说这很危险，因为我早已习惯了这种运动。

这口深井其实是巨大岩石上一条狭窄的裂缝，属于“断层”的一类，它显然是由于地球冷却收缩而形成的。虽然它过去曾是斯奈菲尔火山喷发物的通道，但使我百思不得其解的是，这些喷发物怎么没有留下任何痕迹。我们沿着一条类似螺旋形楼梯的道路往下走，这条道路简直就像是人工开凿出来的。

每走一刻钟，我们就要停下来休息一会儿，松弛一下腿的肌肉。这时候我们就坐在凸出的岩石上，悬着双腿，边吃东西边聊天，同时还享用着溪水。

当然，在断层里，汉斯小溪变小了，成了一道瀑布；但它足以为我们解渴；一旦遇到相对缓和的地方，它就立刻重新平静地流淌起来。现在，它使我想起我那尊敬的叔叔，还有他急躁和易怒的性格；而等到倾斜度变小的时候，它就像是我们安详的冰岛向导。

七月十一和十二日两天，我们沿着断层的螺旋通道，又往地壳深处下降了五英里，这样我们已经在海平面以下十二点五英里了。可是到了十三日的中午时分，斜坡突然平和起来，以四十五度的角度向东南方向延伸而去。

路变得十分好走，但也十分单调。不过也不可能不这样，因为旅途是不会因为风景的突变而丰富多彩的。

十五日星期三，我们到达了地下十七点五英里、距斯奈菲尔火山一百二十五英里的地方。尽管我们有点累，但我们的身体还令人放心，旅行药箱也从未被打开过。

叔叔每隔一个小时就将罗盘、计时器、气压表和温度计的数据记录下来，这些数据后来全都发表在他有关这次旅行的科学论文里。因此他可以轻易地了解周围环境的情况。当他告诉我，我们已经水平地走了一百二十五英里的时候，我不禁惊呼起来。

“你怎么了？”他问我。

“没什么，我只是想到一件事。”

“什么事，孩子？”

“如果你计算正确的话，我们已经不在冰岛下面了。”

“你这样认为吗？”

“这很容易证实。”

我用圆规尺在地图上量了一下。

“我没弄错，”我说，“我们已经越过了波特兰海角，往东南一百二十五英里是大海底下。”

“大海底下。”叔叔搓着手说道。

“是的，”我叫着回答，“大西洋就在我们的头上！”

“啊！阿克赛尔，这再正常不过了！纽卡斯尔①不也有很多煤矿伸入到海下很远的地方吗？”

教授有权认为我们的处境非常奇特，可是想到自己是行走在海底下面，我不免有点担心。不过，不管我们的头上是冰岛的平原、高山，还是大西洋的波涛，这都没有什么区别，只要花岗岩石壁坚固就行了。再说，我很快就习惯了上述想法，因为虽然坑道一会儿直一会儿弯、一会儿陡一会儿缓，但

① 纽卡斯尔，英国城市，以产煤著称。

它总是在朝东南延伸着，并且在不断下降，使我们迅速下到了很深的地方。

四天后，也就是七月十八日星期六的晚上，我们来到一个很大的洞穴；叔叔把汉斯每周三个银币的工资付给了他，并决定第二天休息。

二十五

星期天早晨醒来的时候，我不再像往常那样急着出发。尽管是在地球的深处，但我们的心情还是很愉快的。更何况我们生来就是穴居人的命。我已经几乎不再想念太阳、星辰、月亮、树木、房子、城市，以及地球上所有被俗人们认为是必不可少，而实际上是多余的东西。我们变得像化石一样，对这些毫无用处的美景充满了蔑视。

洞穴犹如一个大厅。小溪忠实而平缓地在花岗岩地面上流着。流了这么长一段距离以后，它的水温已经和周围环境的温度一样了，因此喝起来没有任何困难。

吃完早饭，教授打算花几个小时整理他的日记。

“首先，”他说，“我要计算一下我们目前所处的位置；我想在回去之后为我们的旅程画一张路线图，一张垂直剖面图，把我们的这次探险反映在图上。”

“这一定非常有趣,叔叔;可是你的观察是否有足够的精确度呢?”

“有。我仔细地记下了所有的角度和斜坡。我肯定不会弄错。先看看我们在哪儿。把罗盘拿出来,看看是什么方向。”

我认真地看了罗盘之后,回答说:

“东偏南。”

“好!”教授说着,记下了我的答案,他迅速地计算了一下。“从出发到现在,我们已经走了两百一十二点五英里了。”

“这么说,我们是在大西洋底下了?”

“完全正确。”

“也许现在海面上正是风雨交加,我们的头顶上说不定就有船在风暴中摇曳呢!”

“非常可能。”

“鲸鱼会用尾巴来拍打我们这座‘监狱’的墙吗?”

“别担心,阿克赛尔,鲸鱼是无法撼动这座墙的。我们还是继续计算吧。我们在斯奈菲尔火山东南两百一十二点五英里的地下,根据我所做的记录,我们的深度是四十英里。”

“四十英里!”我叫道。

“不错。”

“根据科学理论,这可是地壳厚度的极限了。”

“我不反对。”

“按照温度上升的规律,这里的温度应该高达一千五百度。”

“只是‘应该’,我的孩子。”

“这里所有的花岗岩都不可能以固体形式存在,它们早就应该被熔化了。”

“可是你看,它们并没有被熔化,和往常一样,事实又一次否定了理论。”

“我不得不表示同意,不过我真的非常惊讶。”

“温度计是几度?”

“二十七点六度。”

“要达到科学家们所说的温度,还差一千四百七十四点四度[①]。因此地球温度随着深度增加而增加的说法是错误的。所以汉弗里·戴维没有搞错,我相信他也是对的。你还有什么可说的?”

“没有。”

其实,我有很多话想说。我无论如何不同意戴维的理论。尽管我一点都感觉不到地心的热量,但我一直都坚信它的存在。事实上,我更加同意这样的说法:这座死火山的火山管被熔岩覆盖着,而熔岩上有一层隔热物质,它阻碍了热量透过石壁传播开来。

不过,我一方面寻找着新的论据,一方面却只能接受现实。

“叔叔,”我继续说,“我同意你的计算都是正确的,可是请允许我做一个严格的推论。”

“说吧,孩子,不用客气。”

“根据冰岛的纬度,在我们现在所处的这个地方,地球的半径应该是三

---

① 原文如此(按一千五百计算,应该差一千四百七十二点四度)。

千九百五十七点五英里左右，对吗？”

“是三千九百五十八点二五英里。”

“凑个整数，就算是四千英里吧。在总共四千英里的旅程中，我们走完了三十英里①。”

“说得对。”

“为此我们水平行走了两百一十二点五英里？”

“一点没错。”

“大约花了二十天？”

“的确是。”

“四十英里只是地球半径的百分之一。要是这样走下去，我们要花两千天，也就是近五年半的时间才能到达！”

教授没有回答。

“再说，如果垂直下降四十英里必须以水平行走两百一十二点五英里为代价的话，那么为了到达地心，我们必须往东南方向水平行走两万英里，这样的话，在到达地心之前，我们早就走出了地球！”

“让你的计算见鬼去吧！”叔叔恼怒地说，“你的假设真令人讨厌！它们的根据是什么？谁告诉你这个通道不会直接通到地心？再说我们并非前无古人，我们现在做的是别人已经做过的事，而且他已经成功了，所以我们也能成功。”

“但愿如此；可是我毕竟有权……”

---

① 原文如此（前文说是四十英里）。

“要是你还像这样异想天开的话，阿克赛尔，那么你只有权保持沉默了。”

我看到可怕的教授有可能重新开始扮演叔叔的角色，于是就以此为鉴，不再做声。

“现在，”他继续说，“看一下气压表是多少？”

“压力非常大。”

“好的。你瞧，我们在慢慢下降的同时，逐渐习惯了空气的密度，一点都没有感觉到难受。”

“是的，除了耳朵有一点疼之外。”

“没关系，你只要迅速呼吸，就能消除这种症状。”

“好的，”我决定不再惹叔叔生气，于是这样回答说，“身处这么大密度的空气当中，我甚至感觉到一种真正的快乐。你注意到了吗，声音在这里传播得多么响亮？”

“是的。即使是聋子也能听得一清二楚。”

“空气密度还会增大吧？”

“对，不过增大的幅度还不很确定。我们所能确定的是，越往下走，重力就越小。要知道，物体在地球表面的时候受重力的影响最大，而在地球中心，它们就没有重量了。”

“我知道；可是你能不能告诉我，空气的密度最后会不会和水一样大？”

“可能，当空气达到七百一十个大气压的时候。”

“再往下呢？”

“再往下，空气密度还会增大。”

“这样的话我们怎么下降呢?”

“我们可以在衣服口袋里装上石头。”

“你真是个百问不倒的人,叔叔。”

我不敢继续假设下去,否则我一定会碰到一些无法解决的问题,让教授暴跳如雷。

不过很明显,空气在几千个大气压力下,终将变成固态,在这种情况下,不管如何推理,即使我们的身体能吃得消,也只能止步不前了。

不过我没有把这个论据说出来,否则叔叔一定会把他那位不朽的萨克努塞姆搬出来反驳我。其实这位前人的例子是毫无意义的,因为即使这位冰岛学者真的做了这次旅行,我也可以用一句简单的话来驳斥他:

在十六世纪,无论是普通气压表还是流体气压表都还没有被发明;那么萨克努塞姆是凭什么断定他到达地心的呢?

不过我把这个想法藏在心里,只是等待着,看看会发生什么事情。

这一天剩下的时间就在计算和谈话中度过了。我总是赞同着李登布洛克教授的观点,并且非常羡慕汉斯的冷漠,他从不考虑事情的因果关系,命运将他带到哪里,他就盲目地跟到哪里。

二十六

应该承认,迄今为止,一切都还算顺利,我实在没有理由抱怨。如果我们不再遇到更大的困难,那么就一定能够到达地心。那会是多么大的荣誉啊！我甚至开始和李登布洛克教授谈这方面的问题了,真的。这种变化是不是因为我所处的环境造成的？可能。

有几天,斜坡变得很陡,有的甚至陡得可怕,它们把我们带到了很深的地方。有些日子,我们一天可以向地心前进三英里半到五英里。下降的过程十分危险,汉斯的聪明和冷静帮了我们很大的忙。这位对一切都无动于衷的冰岛人以一种令人无法理解的随便专心致力于他的工作,正是有了他,我们才克服了一个又一个自己所无法逾越的困难。

可是,他一天比一天沉默,我甚至感觉我们被他感染了。外界事物的确会对人的脑子产生作用。一个成天面对四壁的人最终肯定会失去思想和表达能力。有多少监狱的囚犯由于缺乏思想练习,即使没有变成疯子,也变成了傻子！

在我们这次谈话以后的两个星期里,没有发生任何值得一提的变故。我只记得一件极为重要的事情,而且完全有理由记住它的所有细节。

八月七日,经过一连串的下降,我们到达了七十五英里的深度,也就是说在我们的头顶有七十五英里的岩石、海洋、陆地和城市。我们离开冰岛已经有五百英里了。

这一天,坑道的斜坡并不很陡。

我在前面走着。叔叔拿着一盏路姆考夫照明灯,我拿着另一盏。我仔细地考察着花岗岩石层。

当我转过身来的时候,突然发现只剩下我一个人了。

"好吧,"我心想,"我走得太快了,要不就是汉斯和叔叔半路停了下来。我这就去找他们。还好,路不是很陡峭。"

我开始往回走。走了一刻钟,看看四周,一个人都没有。我叫了几声,没有回应,我的声音突然唤醒了洞穴的回声,然后又消失在它们中间。

我开始感到焦急,浑身上下一阵战栗。

"镇静点,"我大声对自己说,"我一定能找到同伴。这里只有一条路。再说,我走在前面,只要往回走就行了。"

我走了半个小时的回头路。我听了听是否有人在叫我,在这样浓密的大气里,声音在很远的地方就可以传到我这里。可是巨大的坑道里特别安静。

我停了下来。我不相信自己是孤身一人。我宁愿走错路,也不愿迷路。因为走错路还可以改过来。

"瞧,"我重复着说,"既然只有一条路,既然他们也走在这条路上,那么我一定能遇见他们。我只要再往上走。除非当他们发现我不在的时候,忘了我走在前面,于是也回过头去找我。好吧！即使是这样,我只要快点跑,也能找到他们。一定能！”

我重复着这最后一句话，就像一个没有被说服的人。不过，为了将这些极其简单的念头变成思维，我花了相当长的时间。

接着我又怀疑起来。我肯定是走在前面吗？肯定的，汉斯跟着我，他后面是叔叔。他甚至还停了一会儿，以便重新捆扎肩上的行李。我回忆起这个细节。我好像就是在这个时候继续往前走的。

“何况，”我想，“我有一个可靠的办法不使自己迷路——我忠实的小溪，在这个迷宫里，它就像一根不断的线，在指引着我。我只要逆着溪流而上，就一定能找到同伴们的足迹。”

这个想法使我振奋起来，我决定立刻启程，一分钟都不耽搁。

我真感谢叔叔的远见卓识，是他没有让向导把花岗岩石壁上的洞口堵上！这条救命的泉水先是在旅途上解了我们的渴，现在又要指引我穿过地壳中蜿蜒曲折的坑道。

回去之前，在泉水里洗一洗，我想这对我有百利而无一害。

于是我弯下腰，把额头伸进汉斯小溪！

大家可以想象一下我的惊愕！

我的脚下是干硬粗糙的花岗岩！并没有流淌的小溪！

二十七

我无法描绘我的绝望,人类语言中没有一个词能够形容我的感情。我被活埋了,我将要在饥渴的煎熬中死去。

我机械地用滚烫的手触摸着地面,多干的岩石啊!

可是我是怎么离开小溪的呢?总之它不在这儿了!我这才明白当自己最后一次倾听是否有同伴的声音传到我这里时,四周为什么会这么寂静了。原来,我从误入歧途的一开始起,就没有注意到小溪已经不见了。显然,那时候我遇到了一条岔道,而汉斯小溪却随着另一个斜坡的地势,把我的同伴们带向了未知的深渊!

怎么回去?顺着脚印?可是没有脚印,我在花岗岩地面上没有留下任何足迹。我绞尽脑汁,想找到一个办法,来解决这个无法逾越的困难。我的处境可以用一个词来概括:迷路了!

是的!我在这个深不可测的洞穴里迷路了!七十五英里厚的地壳把它可怕的重量全部压在我的肩上。我感觉自己快被压死了。

我试着想一些地面上的事,可我费了很大劲才做到这一点。汉堡、科尼街、可怜的格劳本,还有整个世界——我就是在它的下面迷路的——都在我惶恐的回忆中掠过。我在幻觉中又见到了旅途中发生的各种事情:渡海、冰岛、弗立德里克森先生、斯奈菲尔火山！我心想,按我现在的处境,要是还抱有一丝希望的话,那我准是疯了,我最好还是抛弃所有幻想。

的确,人类有什么力量能劈开压在我头上的巨大穹顶,把我带回地面呢？又有谁能将我引上归途,使我和同伴们重逢呢?

"噢！叔叔!"我绝望地叫道。

这是我唯一一句责备他的话,因为我知道,这个可怜的人现在也在找我,而且非常痛苦。

我意识到任何人都救不了我,也无法自救,于是我想到了求助于上帝。我想起了我的童年,还有我的母亲——她留给我的回忆只是她的亲吻。我开始祈祷。上帝有充分的理由不答应我的请求,因为我这么晚才想到找他帮忙;尽管如此,我还是虔诚地祈求着。

对上帝的祈祷使我稍微平静了一点,我可以集中所有的聪明智慧,来考虑目前自己的处境。

我有三天的粮食,水壶也是满的。可是我不能一个人独自待更长的时间。我应该往上走还是往下走?

当然是往上！一直往上走!

我必须回到我离开小溪的地方,回到那致命的岔道口。一旦找到了小溪,我就能重归斯奈菲尔火山顶。

我早些时候怎么没有想到这一点呢？这的确是一线生机。当务之急是找到汉斯小溪。

我站起身来,倚着铁棒,朝坑道上方走去。斜坡很陡。我充满希望、毫不犹豫地走着，就像一个别无他路可走的人一样。

在半个小时的时间里，我没有遇到任何障碍。我试图通过坑道的形状、凸出的岩石，以及起伏的地面来认路。可是我想不起任何特别的记号，不久我就发现这条坑道不可能把我带回岔道口，它是一条死路。我撞上了一堵无法逾越的石壁，倒在岩石上面。

我简直无法形容自己当时有多么恐惧和绝望。我完全垮了。最后的希望也粉碎在这堵花岗岩石壁上。

我迷失在这个迷宫里，曲折的小路纵横交错，我根本不可能逃生。我一定会死得极其可怕！我突然产生了一个奇怪的念头：有朝一日我的遗体变成化石，在地下七十五英里的深处被发现的话，一定会引起许多严肃的科学问题！

我想大声说话，可我口干舌燥，只发出了几声嘶哑的嗓音。我喘着粗气。

在这万分焦虑的时刻，一个新的恐惧向我袭来：我的照明灯掉在地上摔了。我无法将它修复。灯光逐渐地暗淡下去，不久就会熄灭！

我看着灯光在蛇形灯管里越来越暗。一系列活动着的阴影被投射到灰暗的石壁上。我连眼皮都不敢眨一眨，生怕失去这正在消逝的光线！我觉得它每时每刻都在减弱，而黑暗则在慢慢占据我的全身。

终于，最后一丝光线在灯管里抖了一下。我看着它，用眼光吸引着它，将双眼的所有力量都集中在它身上，似乎这是我对光线的最后一次感受，接着，我便陷入了无边的黑暗。

我发出一声恐怖的叫喊！在地面上，即使是在最为漆黑的深夜，也不可能没有丝毫光线！这光线可能很散乱、很微弱，但不管它如何纤细，人的眼睛总能察觉得到！可这里却连一丝光线都没有。绝对的黑暗使我成了一个名副其实的瞎子。

于是我失去了理智。我向前伸出双手，艰难地试图摸索前进。我开始逃，我在这错综复杂的迷宫里胡乱地加快了脚步，一直往下跑去，穿越着地壳，就像穴居人一样，叫着、喊着、吼着，一会儿撞上了凸出的岩石，跌倒了再爬起来，喝着流满自己脸颊的鲜血，时时刻刻准备着将头撞在可能出现的石壁上而粉身碎骨！

我这样发疯似的奔跑，又能跑到哪里去呢？我不知道。几个小时以后，我筋疲力尽，像死人一样倒在石壁边上，失去了知觉！

二十八

当我恢复知觉的时候，发现脸上满是泪水。我不知道昏迷了多久，我已经失去了时间概念。没有人能像我这样孤独无助了。

我倒下之后流了很多血，我觉得自己是浸在血里！啊！我多么遗憾还没有死去，还得忍受死的煎熬！我再也不愿思想。我把所有的念头都驱逐出了脑海。我痛苦难忍，滚到了对面的石壁旁边。

我感到自己重新昏了过去,彻底失去了希望。可这时,我听到一个很响的声音,仿佛是一阵持久的雷声,它渐渐地消失在远处的深渊之中。

这声音从何而来？它一定来自于地层中发生的某种现象！是气体的爆炸,或者是地球内部某一巨大石层的塌陷!

我继续听着,希望听到这声音再次响起。一刻钟过去了,坑道内一片寂静,我甚至连自己的心跳声都听不见。

突然,我偶然贴在石壁上的耳朵似乎听见了人的说话声,这声音是那样模糊、遥远、难以捉摸。我颤抖了一下。

“这是幻觉!”我想。

不是。我仔细听了听,确实听到有轻微的人语声。可是我的身体过于虚弱,听不清话的内容。不过我能肯定有人在说话。

我突然担心这是我自己说话的回声。也许我刚才在不知不觉中叫喊过。我紧紧地闭起嘴唇,重新把耳朵贴到石壁上。

“不错,确实有人在说话！有人在说话!”

即使我把耳朵贴到几英尺远的石壁上,仍能清晰地听到说话的声音。这声音飘忽不定,既奇怪又难懂,仿佛是一个人压低了嗓音轻轻说出来的。我听到好几次“迷路”这个词,而且语调很哀伤。

这是什么意思？谁在说话？很显然,不是叔叔就是汉斯。既然我能够听见他们,那么他们也就能听见我。

“救命!”我用尽力气叫道,“救命!”

我听着,希望能在黑暗中得到一句回答、一声叫喊,或是一声叹息。可我什么都没听见。几分钟过去了。我的脑海里涌出了各色各样的想法。我想我的声音太轻,传不到同伴们那里。

“肯定是他们,”我不停地想,“在这地下七十五英里的深处,还会有什么其他人呢?”

我继续听着。我把耳朵靠在石壁上来回移动,终于找到一个听起来声音最响的地方。我又一次听到了“迷路”这个词,接着就是一阵曾经把我从昏迷中唤醒的雷声。

“不,”我想,“不。这声音绝对不是隔着石壁传过来的。再响的声音也不可能穿透花岗岩石壁!它是通过这条坑道传过来的!这是某种特殊声学效应的结果。”

我重新听了起来,这次我确确实实清晰地听到了我的名字!

是叔叔在喊!他在和向导说话,“迷失”这个词是用丹麦语说的!

于是我什么都明白了。要想让他们听见我,就必须靠着石壁说话,它会像电线导电那样把我的声音传送过去。

我不能浪费时间。只要我的同伴们朝远处走几步,声学效果就可能会丧失殆尽。所以我走近石壁,尽可能清楚地叫道:

“李登布洛克叔叔!”

我极度焦急地等着。声音传播得并不快,周围很高的空气密度只能增加声音的强度,而不能加快它传播的速度。几秒钟过去了,这几秒钟简直就像是几个世纪!终于,我听到了这样的话:

“阿克赛尔,阿克赛尔!是你吗?”

“是的,是的!”我回答。

“孩子,你在哪儿?”

“我迷路了，在漆黑一片的地方！”

“你的灯呢？”

“灭了。”

“小溪呢？”

“不见了。”

“阿克赛尔，可怜的阿克赛尔，振作起来！”

“等一等，我筋疲力尽了！我没有力气回答。你说话吧！”

“别灰心，”叔叔又说道，“你别出声，听我说。我们在坑道里上上下下地找你，可怎么也找不到。啊！我为你掉了不少眼泪，我的孩子！后来，我们认为你仍然沿着汉斯小溪在走，就一边往下走，一边打枪做信号。现在我们虽然可以相互听见，但这只是纯粹的声学现象！我们的手还不能碰到一起！不过别绝望，阿克赛尔！能相互听见声音已经不错了！”

这时候我想了一下。我的心里又有了一丝希望，尽管这希望还十分渺茫。我首先必须知道一件十分重要的事情。于是我把嘴唇贴在石壁上说：

“叔叔？”

“孩子？”我过了一会儿才听到他的回答。

“我们先得知道相隔多远。”

“这容易。”

“你带着计时器吗？”

“带着。”

“拿出来。你叫我的名字，记住你说话的时候确切是哪一秒。我一听到你的声音就重复一遍，你也记住听到我回答时的确切时间。”

“好的，从我喊你的名字到听到你的回答，这段时间除以二，就是我的声音传到你这儿所需要的时间。”

“是的，叔叔。”

“准备好了吗？”

“准备好了。”

“好，你注意，我要喊你的名字了。”

我把耳朵贴在石壁上，一听到我的名字，就立刻回答了一声“阿克赛尔”，然后我就等着。

“四十秒，”叔叔说，“两个声音之间相隔四十秒；也就是说我的喊声传到你这儿需要二十秒。声音每秒可以传播一千零二十英尺，所以我们之间的距离是二万零四百英尺，也就是不到四英里。”

“不到四英里？”我轻声说。

“喂！这段距离是可以逾越的，阿克赛尔！”

“我是应该往上走还是往下走？”

“往下，听我说为什么。我们现在在一个很宽阔的洞穴里，这里是许多坑道的起点。你顺着你所在的坑道走，就一定会到达这里，因为地球所有的裂缝和断层似乎都是围绕着我们所处的洞穴向外放射延伸的。所以你站起来，上路吧。快走，必要的时候哪怕是拖着步子走也行，遇到陡峭的斜坡就滑下去，我们会在坑道的尽头张开双臂迎接你。上路吧，孩子，快走！”

这些话使我重新振作起来。

“再见，叔叔，”我叫道，“我走了。一旦我离开这地方，我们就再也听不见彼此的声音了！再见吧！”

"再见,阿克赛尔,再见!"

这就是我听到的最后几个字。

这场发生在地球深处、相隔将近四英里的惊人对话,就在这些充满希望的话语中结束了。我祈祷上帝,以示感谢,因为在这茫茫黑暗之中,正是他把我引向了那唯一有同伴们的声音传出的地方。

这种令人惊讶的声学现象可以用物理学原理加以解释;它的起因是坑道的形状和岩石的传导性。声音在媒介空间中不为人所察觉,但仍然得到了传播,像这样的例子还有很多。我记得类似的现象在很多地方都有发生,比如伦敦圣保罗教堂的内廊,特别是西西里岛上锡拉库扎①附近那些洞穴般的奇怪石牢;在这些石牢中所发生的最为奇妙的传声现象,被人们称作"德尼②的耳朵"。

想到这些,我清楚地意识到,既然叔叔的声音可以传到我这里,这说明我和他之间不可能存在任何障碍物。只要我有足够的体力,那么我只要沿着声音的传播路线走,就能和它一样到达目的地。

我站了起来。与其说我是在走,不如说是在挪更加确切。斜坡很陡,我滑着前进。

不久,我下滑的速度越来越快,令人害怕,简直就像是在往下坠落。我已经没有力气停下来了。

突然,我一脚踏空。我感到自己在粗糙的石壁上跳跃翻滚,垂直的坑道

---

① 锡拉库扎,意大利港口城市,位于西西里岛东海岸,为西西里省的省会。该市多古迹,石牢就是其中之一。

② 德尼(公元前430—公元前367),锡拉库扎的暴君。

犹如一口名副其实的深井。我的头撞在一块尖尖的岩石上，失去了知觉。

二十九

我苏醒过来的时候，发现四周半明半暗，自己躺在一层厚厚的床褥上。叔叔看着我，观察着我脸上最后一丝生命的迹象。我一叹气，他就抓住我的手；我一睁开眼，他就欢乐地叫了起来。

“他活着！他活着！”他喊道。

“是的。”我虚弱地回答。

“孩子，”叔叔说着把我搂在怀里，“你总算得救了！”

他说这些话时的语气打动了我，尤其是他对我表示出来的关怀更令我感动。只有在这样的情况下教授才会流露真情。

这时候汉斯来了。他看到叔叔握着我的手；我敢说他的眼睛里闪烁着十分高兴的神情。

“你好。”他说。

“你好，汉斯，你好，”我轻声说，“叔叔，告诉我现在我们在哪里。”

“明天再说吧，阿克赛尔，明天；你今天还很虚弱；我在你的头上缠了纱布，不要动它；睡吧，孩子，明天你就什么都能知道了。”

“可是,”我又说,“你至少应该告诉我现在是几号,什么时候?”

“现在是晚上十一点,今天是八月九日星期天,在十日早晨之前,我不准你再提问题了。”

我的确非常虚弱,不由自主地合上了眼睛。我需要休息一个晚上;于是我一边想着自己孤独地度过了漫长的四天,一边昏昏沉沉地睡了过去。

第二天醒来的时候,我观察了一下四周。我的床褥是用所有的旅行毯铺成的,我躺在一个非常温馨的石洞里,到处都是美丽的石笋,地上铺着一层细沙。洞里半明半暗。虽然没有火把,也没有照明灯,但外面有一道奇特的光线通过狭小的洞口照射进来。我还听到一种低沉模糊、难以捉摸的声音,就像是海浪拍打在沙滩上面,有时还夹杂着萧萧的风声。

我怀疑自己是否真的醒了,还是继续在做梦,我问自己是否因为掉下悬崖之后头部受到了创伤,所以会听到幻觉中的声音。可是,无论是我的眼睛还是我的耳朵都没有弄错。

“这的确是日光,”我想,“它是从岩石缝隙中射进来的！这是波涛的声音！这是刮风的声音！是我搞错了,还是我们回到了地面?难道叔叔放弃了这次探险,或者我们已经幸运地结束了全部旅程?”

我想着这些无法解答的问题,这时候教授走进洞里。

“你好,阿克赛尔!”他愉快地说,“我敢打赌你感觉很好!”

“是的。”我一边回答,一边从床褥上坐起来。

“我想也是,因为昨晚你睡得很好。我和汉斯轮流照看着你,我们看到你有了明显的好转。”

“我的精神的确好多了,不信的话就给我早饭,我会大吃一顿来向你证明!”

“马上就给你吃,孩子! 你的烧已经退了。汉斯把一种不知名的油膏涂在了你的伤口上,这是他们冰岛人的秘方,你的伤口就神奇地愈合了。我们的向导真是一个能人!”

谈话间,叔叔为我准备好了早餐,我不顾他的叮嘱,狼吞虎咽地把它们一扫而光。同时,我向他提了一连串问题,他立刻给了我回答。

我这才知道,我掉下深渊是一种天意,它恰好把我带到一个几乎垂直的坑道的尽头;和我一起掉下来的还有一股岩石流,其中哪怕是最小的石块都足以把我压死,由此可以断定,当时有一部分石壁载着我一起滑落。就这样,这辆可怕的滑车把浑身是血、昏迷不醒的我一直送到了叔叔的怀里。

“说真的,”他对我说,“你居然能够活下来真是怪事。不过看在上帝的分上,我们再也不要分开了,否则我们就可能永远不能相见了!”

“再也不要分开了!”这么说旅行还没有结束? 我惊讶地睁大双眼,叔叔看见了立刻问我说:

“你怎么了,阿克赛尔?”

“我有个问题。你说我现在已经安然无恙了?”

“是的。”

“我的手脚都没有受伤?”

“不错。”

“我的头呢?”

“它还在你的肩上,除了略微有点挫伤之外。”

“我担心我的脑子会受到影响。”

“影响?”

“对。我们还没有回到地面吧?”

“当然没有!”

“那我一定是疯了,因为我看到了日光,听到了风和海浪的声音!”

“啊!就是因为这个吗?”

“你能解释吗?”

“我不能解释,因为这无法解释;不过等你亲眼看到之后,你就会明白,对地质科学的研究还远远没有到达尽头。”

“那我们出去吧。”我叫着,猛然站起身来。

“不,阿克赛尔,不!大风会让你着凉的。”

“大风?”

“对,风很大。我不能让你这样出去吹风。”

“我向你保证,我身体很好。”

“再忍耐一下,孩子。你的病如果复发,那我们就麻烦了,我们不能耽搁,因为摆渡或许需要很长时间。”

“摆渡?”

“对,你今天再休息一天,我们明天登船。”

“登船?”

这最后两个字让我跳了起来。

什么!登船!这么说我们面前有一条河、一个湖,或是一片海?难道在某个港湾里还停泊着一艘船?

我的好奇心被吊到了最高点。叔叔徒劳地试图拉住我。他看到我的性急可能比满足我的要求危害更大,于是只好让步。

我立刻穿好衣服。为了谨慎起见,在走出石洞之前,我披上了一条毯子。

三十

起初我什么都看不见。由于不习惯光亮,我猛然闭上了眼睛。当我重新睁开眼时,我被面前的景象惊呆了。

"海!"我叫道。

"是的,"叔叔回答,"李登布洛克海,我想没有一个航海家能和我争夺发现它,并以我的名字命名它的荣誉!"

这里是一个湖泊或大海的起点,广阔的水面一望无际。起伏的波涛在月牙形的海岸边止步不前,金色而细腻的沙滩上到处都是小贝壳,里面居住着地球上最初的生命。海浪撞碎在沙滩上,发出一种只有在封闭的巨大空间里才听得到的奇特声响。细小的浪花在和风中飞舞,有几丝甚至吹到了我的脸上。在微微倾斜的海滩上,有一堵巨大的石壁矗立在距海水六百多英尺的地方,它笔直向上,高耸入云。石壁下部有几块锋利的岩石一直插入海中，形成许多岬角，碎浪的牙齿咀嚼着它们。远处，在烟雾迷蒙的地平线上，肉眼能清晰地看到这些岬角的影子。

这是一片名副其实的海洋，海岸线曲折不定，但它渺无人烟，荒凉得可怕。

我的眼睛之所以能看到大海的远处，是因为有一道特殊的光线照亮了一切。这光线不是光芒四射、热力无穷的太阳光，也不是苍白朦胧、冷若冰霜的月光，不是，这道光线的照明能力、它在传播过程中摇曳不定的特点、它那明亮干燥的白色、它所造成的微弱的气温上升，还有它事实上强于月光的亮度，这一切都非常明显地说明存在着一个电源。它就像一道北极光、一种宇宙间持续不断的现象，照遍了这个可以容纳一个海洋的山洞。

你要是愿意，可以把我头上的穹顶称为“天空”；它似乎是由巨大的云团构成的，这些变幻莫测的蒸汽一旦遇冷凝结，随时都可能化为倾盆大雨。我原以为在这样高的气压下，水不会产生蒸发现象，然而，由于某种不为我所知的物理原因，空中飘浮着大面积的水汽。不过当时“天气很好”。电层在高高的云端造就了奇异的光线变化，下面的云朵则笼罩着浓重的阴影。强烈的光线时常会从两片云彩之间穿过，一直照到我们身上。不过归根结底，这不是太阳光，因为它不产生热量。我有一种凄凉肃杀的感觉。我意识到在这云层的上面，不是星光灿烂的天空，而是把所有重量都压在我身上的花岗岩穹顶，不管这个空间多么巨大，它也不够星星——哪怕是最小的——在里面自由飞翔。

这时我想起了一个英国船长的理论，他把地球比作一个中空的巨大圆球，球内的空气由于压力而发着光，而普鲁托[①]和普罗塞毕娜[②]两个星座则在里面划出一道道神秘的轨迹。难道他的话是真的？

我们确确实实被关在这个巨大的洞穴里了。我们无法判断洞穴有多宽，因为海岸向两边无尽地延伸下去；也无法知道它有多深，因为我们只能看到一条模糊的地平线。它一定有好几英里高，因为肉眼看不到架在花岗岩石壁上的穹顶；但在空中大约二点五英里的高度，飘浮着很多云团，它们比地球上云层的高度还要高，这可能是因为空气密度较大的原因。

“洞穴”一词显然不足以描绘这个巨大的空间。对于一个来到地球深处冒险的人来说，人类的语言是永远不够用的。

此外，我不知道用什么地质学原理来解释这个巨大洞穴的存在。它是由于地球冷却而形成的吗？我读过一些游记，也知道一些著名的洞穴，可是没有一个能有这么大。

如果冯·洪堡先生在勘探了哥伦比亚的瓜夏拉山洞[③]之后，没有测量出它的深度为两千五百英尺的话，那么仅凭目测人们是不会认为它有这么大的。美国肯塔基州的猛犸洞[④]也十分巨大，因为它的穹顶高于深不可测的湖水五百英尺，游客们深入洞穴二十五英里，却仍然看不到尽头。但是，在我现在欣赏的这个洞穴面前，前面提到的那些山洞能算什么呢？这里的

① 普鲁托，罗马神话中的冥王，在希腊神话中名为哈德斯。

② 普罗塞毕娜，罗马神话中冥王普鲁托的妻子，和后者一起统治阴间，在希腊神话中名为普西芬尼。

③ 瓜夏拉山洞，因洪堡的描述而著名，它先是一条长达四百七十二米的笔直通道，通道尽头有一个深度为两百一十米的洞穴。

④ 猛犸洞，位于美国肯塔基州的著名洞穴。

天空云层密布，电光四射，洞穴里还蕴藏着一片浩渺的海洋。面对如此宏大的景象，我的想象已经无能为力了。

我静静地凝视着这壮观的景色，感觉无法言喻。我仿佛身处天王星或海王星这样遥远的星球，看到了地球人的本性所难以体验的奇观。要描绘这种全新的感受，就必须用全新的字眼，但是我想不出。我看着，想着，赞叹着，既惊愕又恐惧。

这种意想不到的景象使我的脸上重新泛起了健康的色彩；惊讶犹如一种崭新的疗法，治愈了我的伤痛；此外，浓密清新的空气为我的肺提供了更多的氧气，使我重新振作起来。

不难想象，对于一个在狭窄的坑道里被囚禁了四十七天的人而言，能呼吸到这种潮湿而略带咸味的海风，真是无穷的享受。

因此我一点都不为自己离开阴暗的石洞而后悔。叔叔早就习惯了这些奇景，因此他不再惊讶。

“你有力气散一会儿步吗？”他问我。

“当然有，”我回答，“没有什么能比散步更令我惬意的了。”

“好吧，挽着我的胳臂，阿克赛尔，让我们沿蜿蜒的海岸走走。”

我连忙表示同意，于是我们便开始沿着这片新发现的海洋散步。在我们的左面，陡峭的岩石层层叠叠，形成巨大的一堆，给人一种不可思议的感觉。岩石的侧壁上悬挂着无数瀑布，清澈的水帘隆隆地倾泻着。几缕轻烟在岩石之间飘荡，显示着沸泉的位置；小溪平缓地朝大海这个公共蓄水池流去，它们在斜坡上寻找着机会，以便发出更加悦耳的潺潺声。

在这些溪流中间，我认出了我们忠诚的旅伴——汉斯小溪，它平静地汇入大海，仿佛从地球诞生的那一天起，它就没有做过其他事情。

“我们会想念它的。”我叹了一口气说。

“唉，”教授回答道，“这条或那条小溪，对我们来说又有什么区别呢？”

我觉得他的回答有点忘恩负义。

可是这个时候，我被一种意想不到的景色吸引住了。在离我们五百步远的一个岬角拐弯处，出现了一片高大、茂密、深邃的森林。森林里的树木不高不矮，呈规则的阳伞状，带着清晰的几何形轮廓；空气的流动似乎对树叶毫无影响，它们在微风中岿然不动，如同一片用石头做成的雪松。

我加快脚步。我无法叫出这种奇特树种的名字。也许它们根本就不是目前为人类所知的二十万种植物中的一种？也许它们应该在湖沼植物群中占据一个特殊的地位？是的，当我们来到树荫底下的时候，我的惊讶早已变成了赞叹。

其实，在我面前的是地球植物，只是体型非常庞大。叔叔立刻叫出了它们的名字。

“这不过是一片蘑菇林罢了。”他说。

他说得对。大家可以想象一下这种喜欢温暖潮湿的植物生长得有多好。我听说，根据布里亚①的理论，“巨型马勃”的口径可以达到八至九英尺；可是生长在这里的却是高达三十至四十英尺的白蘑菇，而且蘑菇伞的直径完全相同。它们多得数以千计。光线无法穿过这片浓密的阴影，因此蘑菇伞下一片漆黑，这些小圆顶并列地排着，犹如某个非洲居民区的圆屋顶。

---

① 布里亚(1752—1793)，法国生物学家，真菌学的创始人之一。

我想到蘑菇林的深处去。一股能置人于死地的寒气从多肉的蘑菇伞上袭来。我们在这片潮湿的黑暗中游荡了半个小时，当我们回到海边的时候，我从心底里感到万分舒服。

不过，这个地下王国的植物并不局限于蘑菇。远处一丛一丛地长着大量其他树木，树叶都已经褪了颜色。它们很容易辨认，都是地球上比较低级的灌木，只是体积大得惊人：有一百英尺高的石松、巨型的封印木，也有和生长在高纬度地区的冷杉一样高大的乔木状蕨类，还有鳞木，它们长着圆柱形分杈枝茎和长长的叶子，满是皮刺，看上去就像令人恶心的油性植物。

“真惊人、真奇妙、真壮观！”叔叔叫道，“地球第二纪，也就是过渡期的植物群落全在这里了。这些今天生长在我们花园里的低级植物，在地球诞生之初就像树一样高大！看，阿克赛尔，看吧！没有一个植物学家能这样大饱眼福！”

“说得对，叔叔。上苍似乎有意要把这些古老的植物保存在这个巨大的温室里，而这些植物被聪明的科学家们复制得如此相像。”

“不错，孩子，这里的确是一个温室；不过，要是你说这里也许还是一个动物园，那就更确切了。”

“动物园！”

“是的。你看我们脚下的尘土，还有地上四散的骸骨。”

“骸骨！”我叫道，“对，是古代动物的骸骨！”

我跑向那些由不可分解的矿物质[①]组成的古老遗骸，毫不犹豫地叫出

---

① 磷酸钙。——作者原注

了这些巨型骨骼的名字,它们就像是枯树的躯干。

“这是乳齿象的下颚骨,”我说,“这是恐兽的臼齿;这是巨型野兽大懒兽的股骨。是的,这里的确是一个动物园,因为这些动物的骸骨肯定不是由于地壳的运动而被搬运到这里来的。这些动物本来就生活在地下海的岸边、乔木植物的阴影下。瞧,我看到一副完整的动物骨骼。可是……”

“可是什么?”叔叔问。

“我不懂这个花岗岩洞穴里怎么会出现这种四足动物。”

“为什么?”

“因为动物在地球上出现的时代应该是第二纪,也就是当沉积地层在河流的冲积作用下形成、并且取代了原始时代的灼热岩石之后。”

“是的!阿克赛尔,有一个很简单的回答能消除你的疑问:这里的地层本身就是沉积地层。”

“什么!在地面以下如此深的地方会有沉积地层?”

“不错,这种现象在地质学上是可以解释的。有一段时期,地球被一层具有伸缩性的外壳包裹着,这层外壳在地心引力的作用下交替起伏。有一部分沉积地层可能在地面发生塌陷的时候,被带进了突然裂开的地缝。”

“也许是这样。可是,既然在地下的这个区域曾经生活过古代动物,那么有谁能保证它们现在不仍然游荡在黑暗的森林里,或是陡峭的岩石后呢?”

想到这里,我不无恐惧地观察了一下地平线;但是空旷的海岸上没有出现任何动物。

我有点累,于是便走到一个岬角的顶端坐下。海浪打在岬角底部,发出阵阵响声。从这里,我可以看到整个被月牙形海岸线环绕着的海湾。在海湾尽头的金字塔形岩石中间,有一个小小的港口。由于不受海风的影响,港口的水面非常平静。这里足以停泊一艘大船和两三艘小船。我几乎以为自己能看到几艘鼓足风帆的小船,正借着南风出海远航呢。

不过这种幻觉很快就消失了。我们是这个地下世界唯一有生命的动物。风暂时停下的时候,冷漠的岩石和海面就被一种比沙漠上更为深沉的寂静笼罩着。这时候,我想穿过远处的迷雾,撕开遮在地平线上的神秘缦纱。我急于提出的是什么问题?大海的尽头在何处?它通向何方?我们能否有朝一日看到它的彼岸?

叔叔对这些问题的答案深信不疑。而我则既想知道,又怕知道。

我们凝视着这些奇妙的景象,过了一个小时,才踏上通往石洞的沙滩小路。当晚,我在千奇百怪的念头中酣然入睡。

三十一

第二天醒来时,我已经完全恢复了健康。我觉得洗一个澡对我的身体有好处,于是便跳进这个“地中海”,在水里泡了几分钟。这个称呼对它来说真是再合适不过了。

回来吃早饭的时候,我胃口很好。汉斯的拿手活儿就是为我们做饭;现在他既有水又有火,所以能够翻翻早餐的花样。吃甜食的时候,他给我们喝了几杯咖啡,这种可口的饮料从来没有像现在这样美味。

“现在,”叔叔说,“涨潮的时候到了,我们不能错过研究这一现象的机会。”

“什么,涨潮?”我叫道。

“是的。”

“难道这里也能受到太阳和月亮的影响吗?”

“为什么不能?所有的物体不是都必须服从万有引力定律吗?这片海洋也逃脱不了这个普遍规律。所以尽管海面上气压很高,但是你仍然可以看到它涨潮,就像大西洋那样。”

这时候我们站在海滩上,海水正渐渐向岸边逼近。

“开始涨潮了。”我叫道。

“对,阿克赛尔,从接踵而至的浪花来看,海水将要上涨十英尺左右。”

“太奇妙了!”

“不,这很平常。”

“随你怎么说,叔叔,反正我觉得这一切非常奇妙,我简直不敢相信我的眼睛。谁能想到在地壳里会有一片名副其实的海洋,而且还有潮汐、海风和暴雨?”

“为什么不会有?自然界有哪条定律规定地壳里不能有海洋?”

“没有,除了地心热量的理论。”

“那么到目前为止,戴维的理论被证明还是正确的?”

“当然，今后任何理论都不能否定地球内部存在着海洋和陆地。”

“是的，不过这些海洋和陆地都无人居住。”

“对！可这海洋里为什么没有某些不知名的鱼类呢？”

“至少现在我们还没有发现过一条鱼。”

“那么我们就做几根鱼竿，看看鱼钩在这里能否和在地面上的海洋里一样获得丰收。”

“我们会试一试的，阿克赛尔，我们要揭开这些新地方的所有秘密。”

“我们现在在哪里，叔叔？我还没有向你提这个问题，我想你的仪器一定把答案告诉你了。”

“从水平方向来看，我们现在距冰岛八百七十五英里。”

“这么远？”

“我敢保证误差不会超过一英里。”

“罗盘还是指着东南方吗？”

“是的，东南偏西十九度四十二分，和在地面上完全一样。不过说到罗盘的倾角，我发现一个奇怪的现象，我正在仔细地观察着。”

“什么现象？”

“罗盘的指针不像在北半球那样指向磁极，而是指着完全相反的方向。”

“这么说磁极位于地表和我们现在所处的位置之间？”

“正是，如果我们朝磁极区前进，也就是朝詹姆斯·罗斯[①]发现磁极的北纬七十度附近前进的话，那么我们就可能会看到罗盘的指针垂直上指。所以，这个神秘的引力中心并不在很深的地方。”

“这一点目前科学确实还没有想到。”

“孩子，科学包含着很多错误，不过犯错误并不是坏事，因为错误逐渐把人们引向真理。”

“我们现在的深度是多少？”

“八十七点五英里。”

“这么说，”我一边说，一边查地图，“我们的上面是苏格兰山区，格兰扁山脉[②]白雪皑皑的山峰正高耸入云。”

“是的，”教授笑着回答，“我们承受的重量不轻，不过洞穴的穹顶还是挺结实的；大自然这个伟大的建筑师用很好的材料建成了它，人类永远也造不出这样跨度的穹顶！它的半径有七点五英里，下面的大海和风暴可以横行无阻；和这样的穹顶相比，人类建造的桥拱和教堂门拱算得了什么呢？”

“噢！我可不怕天掉下来。叔叔，现在你有什么计划？你不打算回到地面上去吗？”

“回去？亏你想得出来！相反，我打算继续我们的旅程，至今为止一切都是那么顺利。”

“可是我不知道怎样才能钻到这片海洋底下去。”

---

① 詹姆斯·罗斯(1800—1862)，英国航海家，第一批到达地球北极的探险家之一，于一八三一年发现北半球的磁极。

② 格兰扁山脉，位于苏格兰北部，主峰尼维斯是大不列颠岛最高峰。

“啊！我可不想第一个跳进海里。不过，海洋其实只是湖泊，因为它们被陆地围绕着，何况这一片环抱在花岗岩石壁之间的地下海呢。”

“这一点毫无疑问。”

“既然如此，在海的对岸，肯定能找到新的出路。”

“你估计这片海有多长？”

“七十五到一百英里。”

“哦！”我说道，心想这个估计完全可能是错误的。

“所以我们不能耽搁时间，明天我们就出海。”

我不由自主地寻找起运送我们的船只来。

“啊！”我说，“我们登船。好哇！可是我们哪里有船呢？”

“不是船，孩子，是一只结实牢固的木筏。”

“木筏！”我叫道，“木筏和船一样难造，我没看见……”

“你没看见，阿克赛尔，可是如果你注意听，就可以听见。”

“听见？”

“对，锤子的声音会告诉你，汉斯已经在行动了。”

“他在造木筏？”

“对。”

“什么？他已经用斧子砍下树木了？”

“噢！树早就自己倒下来了。来吧，看看他是怎么工作的。”

步行半小时后，我来到岬角的另一边，在天然的小港湾里，我见到了正在干活儿的汉斯。我又走了几步，来到他身边。我惊讶地发现，沙滩上躺着一只完成了一半的木筏；它是用一种特殊木材的树干制成的，地上到处都是厚木板、曲榫头和船肋骨，足够用来建造整整一支海军的舰船！

“叔叔，”我叫着说，“这些是什么木头？”

“松木、杉木、桦木以及所有生长在北方的针叶木，它们在海水的作用下已经被矿化了。”

“怎么可能？”

“这就是人们所说的化石木。”

“可是，它会像褐煤一样，坚硬得如同石头，而且不能浮在水面上吧？”

“有时会这样；有些树木会变成名副其实的无烟煤；可其他一些树木，比如这些，才刚刚开始向化石转变。你自己看吧。”叔叔说着把一块珍贵的木头扔进海里。

木块先消失了，不一会儿就浮上了水面，随着波浪的起伏摇晃着。

“你相信了吗？”叔叔问。

“我更相信这是不可能的。”

第二天晚上，在能干的向导的帮助下，木筏竣工了；它长十英尺，宽五英尺；化石木树干由坚实的绳索相连，构成了一块牢固的平面；这艘临时建造起来的小船一下水，就平稳地漂浮在李登布洛克海的水面上了。

三十二

八月十三日，我们很早醒来。我们将要轻松地乘这艘新颖快速的交通工具出发。

两根并排连接的树干做桅杆，另一根树干做横桁，睡觉用的毯子做风帆，这就是木筏的全套装备。绳索很充足。整个木筏非常牢固。

六点钟，教授下令上船。食物、行李、仪器、武器，还有大量取自山间小溪的淡水被搬上了筏子。

汉斯在木筏上安装了一个舵，以便操纵方向。他把着舵，我解开将木筏系在岸上的缆绳。帆升了起来，我们迅速驶离了海岸。

离开港口的时候，对地理名称非常看重的叔叔执意要为它命名，他想用我的名字来叫它。

"说真的，"我说，"我还是向你推荐另外一个名字吧。"

"什么名字？"

"叫它格劳本港，这名字写在地图上一定很好看。"

"那就这样吧。"

我对亲爱的维尔兰少女的回忆就这样和我们充满冒险的旅程联系在一

起了。

风从东北方吹来。我们借着风势疾速前进。强劲的风就像一台大功率的风扇吹在船帆上,有力地推动着木筏。

一个小时之后,叔叔较为准确地估算出我们的速度。

“如果照这样前进,”他说,“我们一昼夜至少能行驶七十五英里,不久就能抵达对面的海岸了。”

我没有回答,坐到了木筏前面。北面的海岸已在地平线上消失。左右两边的海岸则大大地张开双臂,仿佛是为了方便我们出发。我眼前是一片广阔的海洋。大块乌云在水面上投下灰色的影子,影子迅速移动着,好像压在这死气沉沉的海上。水珠反射着电流的银色光芒,木筏激起的波浪闪闪发亮。不久,陆地便在视野中消失了,看不到任何确定方向的参照物,要是没有木筏犁开的阵阵浪花,我一定会认为它是静止不动的。

中午时分,大团的海藻在水面上波动起伏。我了解这种植物的力量,它们蔓生在一万两千英尺深的海底,在四百个大气压的压力下繁衍,经常在水下形成巨大的海藻块,妨碍船只的航行;可是,我还从来没有看到过像李登布洛克海里这么大的海藻。

我们的木筏沿着长达三四千英尺的墨角藻前进,这些海藻如同硕大无朋的海蛇,蜿蜒着伸向我们的视野之外;我饶有兴趣地看着无限延伸的海藻带,总以为自己看到了尽头,可是好儿个小时下来,除了感到更多的惊讶之外,我的耐心总是徒劳。

是什么自然力量创造了这样的植物！在地球形成之初,由于炎热和潮湿的作用,地面上只有植物生存,这时的地球又该是一幅什么样的景象！

夜晚降临了，正如我前一天晚上发现的那样，空气的发光性能没有丝毫减弱。这是一种持久的现象，我们完全可以指望它保持下去。

晚饭后，我躺在桅杆下面，很快便进入了梦乡。

汉斯一动不动地掌着舵，任木筏飞速前行。在顺风的推动下，木筏甚至根本用不着人来掌舵。

我们从格劳本港出发后，李登布洛克教授让我负责写“航海日记”，把我们观察到的所有细节、有趣现象以及风向、船速、航行的路程——总之，在这次奇异航行过程中所发生的一切事情都记录下来。

现在，我就把这些根据事实记录的日记一字不差地再现出来，以便更加准确地描写我们的渡海过程。

八月十四日星期五。持续地刮着东北风。木筏迅速而笔直地行驶着。借助大风，我们已经驶离海岸七十五英里。地平线上一无所有。光线的强度也没有变化。天气很好，云层高而且薄，悬挂在白色的大气中，后者犹如被熔化了的白银。气温：摄氏32度。

中午，汉斯把鱼钩系在线上，在钩上放了一小块肉做诱饵，然后把它扔进海里。两个小时过去了，他什么都没钓到。水里难道没有鱼吗？不。鱼线动了一下。汉斯连忙把线收回，钓起了一条活蹦乱跳的鱼。

“一条鱼！”叔叔叫道。

“是一条鲟鱼！”这回可轮到我叫了，“一条小鲟鱼！”

教授仔细地检查了这条鱼，他不同意我的说法。这条鱼的头又扁又圆，身体前部覆盖着骨质皮片；鱼嘴里没有牙齿；胸鳍非常发达，但是没有尾巴。这条鱼肯定属于被自然学家称为鲟鱼的鱼类，可是在一些主要方面又和鲟鱼有所不同。

叔叔没有说错，他稍稍看了一会儿，说：

“这条鱼属于一种已经灭绝了好几个世纪的鱼类，现在我们只有在泥盆纪地层里才能找到它的化石。”

“什么！”我说，“难道我们真的活捉了一个原始海洋的居民吗？”

“是的，”教授一边回答，一边继续观察，“你看，这种古老的鱼和现在的鱼类没有任何相似之处。对于自然学家来说，能亲手拿着一条这样的活鱼，真是莫大的幸福。”

“那么它属于哪一类鱼呢？”

“属于硬鳞目，盾头科，至于是什么属……”

“什么属？”

“翼鳍属，我敢发誓！不过这条鱼有一个特点，人们会说它是生活在地下海洋里的鱼类。”

“什么特点？”

“它是瞎子！”

“瞎子？”

“不仅是瞎子，它根本就没有视觉器官。”

我看了看，果然是这样。不过这可能是一个特例。于是我们又给鱼钩安上诱饵，将它抛进海里。这片海洋里肯定有许多鱼，因为在两个小时的时间里，我们钓到了大量的翼鳍属鱼类和双鳍鱼，后者也是一种早已灭绝了的鱼，不过叔叔却说不出它属于哪一类。所有的鱼都没有眼睛。这些意外捕捞上来的鱼对我们更新食品补给十分有利。

于是有一点得到了我们的确定:生活在这片海洋里的全是一些古老的动物属类,这里的鱼和爬行动物进化得都很完善,更何况它们在远古时代就已经出现了。

科学家们曾经根据一些残存的骸骨复制出了蜥蜴类动物的标本,也许我们真的会在这儿遇到几只这样的动物呢。

我拿起望远镜观察着大海。海面上什么都没有。可能我们靠海岸还是太近了。

我抬头看着天空。不朽的居维叶①复制过一些鸟类的标本,可是在这沉重的大气层里,为什么没有鸟儿拍打它们的翅膀呢?鱼儿为它们提供了充足的食物。我看着天空,可是天空和海边一样,看不到任何动物。

然而,幻想把我带进了一个美妙而虚构的古生物世界。尽管我睁着眼,却仍然沉醉在梦中。我仿佛在水面上看到了巨大的海龟,这种古老的海龟就像是漂浮着的小岛。昏暗的海滩上,走过一头短角兽和一头棱齿兽,它们都是地球早期的哺乳动物,前者在巴西的岩洞里被发现,后者则来自西伯利亚的严寒地带。远处,厚皮的奇蹄兽如同一只巨大的貘,躲在岩石后面,随时准备和偶蹄兽争夺猎物。偶蹄兽是一种奇怪的动物,它既像犀牛和马,又像河马和骆驼,似乎是因为造物者创立世界时过于忙碌,从而把几种动物的特征都集中到了它的身上一样。巨型的乳齿象挥舞着长鼻,用象牙将海岸上的岩石碾得粉碎。大懒兽则倚着巨大的四肢,一边掘着泥土,一边吼叫着,在花岗石中间引起了阵阵回声。上面,地球最早的猴子原猴在攀登陡峭

① 居维叶(1769—1832),法国动物学家、古生物学家,比较解剖学的创立者。

的山峰。再往上，翼手龙舞动着翅膀上的爪子，像大蝙蝠一样在稠密的空气中滑翔。最后，在最高层的空间里，比鹳鸵更强壮、比鸵鸟更巨大的大鸟展开宽阔的翅膀，用头撞击着花岗岩穹顶。

这个古老的世界在我的想象中复活了。我的思绪飞到了《圣经》中创世记的时代，那时候人类还没有诞生，残缺不全的地球还不能满足他们的生存需要。我幻想着动物出现之前的情景。哺乳动物消失了，然后是鸟类，再然后是第二纪的爬行类，最后是鱼类、甲壳动物、软体动物和节肢动物。过渡期的植形动物也化作了乌有。地球上所有的生命都在我的脑海里一掠而过，在这个荒芜的世界上，只有我的心在跳动。季节变化没有了；气候变化也没有了；地球本身的热量在不断增加，使得太阳的热量失去了作用。植物在无节制地生长。我像一个幽灵，穿行在乔木状的蕨类中间，犹豫不定的脚步踩在红色泥灰岩和斑驳的砂岩上；我时而靠着巨大的针叶树树干，时而躺在一百英尺高的蝶叶树、星叶树和石松的阴影下。

几百年的时间就像几天一样飞速逝去！我又开始追溯地球形成的过程。植物消失了；花岗石失去了它的纯粹；由于更强的热力，物体从固态变成了液态；水在地表流淌着、沸腾着、蒸发着；地球被蒸汽包裹了起来，渐渐形成了一个气团，泛着红白色的光，变得和太阳一样大、一样亮。

这个气团比它后来所演变成的星球大一百四十万倍，我在它的中心被卷进了星际空间！我的身体越来越小、越来越轻，最后就像一颗没有分量的原子，融入了无边无际的蒸汽当中，这些蒸汽在无尽的宇宙间划出一道熊熊燃烧的轨迹！

这是一个什么样的梦啊！它会把我带到哪里？我的手狂热地在纸上写

下了这些奇异的情景！我忘记了一切：教授、向导、木筏！我完全沉浸在了幻觉之中……

“你怎么了？”叔叔问。

我睁大眼睛盯着他，可是似乎视而不见。

“小心，阿克赛尔，你会掉到海里去的！”

话音未落，我便觉得自己被汉斯的手紧紧地抓住了。要是没有他，幻想中的我肯定已经掉进了大海。

“他疯了吗？”教授叫道。

“怎么了？”我终于清醒过来。

“你是不是病了？”

“不，我刚才似乎做了一个梦，不过已经过去了。一切都还好吗？”

“很好！风向、海水都不错！船开得很快，如果我的估计没有错，那么我们很快就要靠岸了。”

听到这话，我站起身来，遥望着地平线；可远处依然是水天一色。

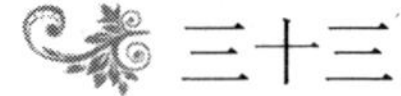

三十三

八月十五日星期六。大海依旧单调乏味。看不到一丝陆地的影子。地平线似乎非常遥远。

由于昨天的胡思乱想，我的头还是晕晕乎乎的。

叔叔不曾胡思乱想，可是他的心情很不好。他用望远镜观察了周围的每一个角落，然后气恼地交叉起双臂。

我发觉李登布洛克教授似乎要重犯他性急的老毛病，于是就把它写进日记。只有在我遭遇危险、忍受痛苦的时候，他才曾经表现出一丝人情味；然而我一旦康复之后，他又恢复了本性。可是有什么值得他发火呢？难道我们的旅行进展得还不顺利吗？难道木筏前进得还不够快吗？

“你好像很着急，叔叔。”我看到他不时举起望远镜张望，就对他说。

“着急？不。”

“那么是不耐烦？”

“比这更小的事都会让人不耐烦！”

“可是我们前进的速度很快……”

“快有什么用？我不是嫌我们的速度太慢，而是嫌海太大！”

我想起出海前，教授曾经估计这片地下海的长度是七十五英里左右。可是我们现在已经航行了三倍的距离，南方的海岸还是遥不可及。

“我们并没有在下降！”教授又说。“这一切都是在浪费时间，再说，我来这么远的地方，可不是为了在这个池塘里划船！”

他称渡海是划船，称这片海洋是池塘！

“可是，”我说，“既然我们走的是萨克努塞姆指明的道路……”

“问题就在这儿。我们走的的确是他走过的那条路吗？萨克努塞姆是否也碰见了这片广阔无边的海洋？他是否也渡了过去？那条为我们指引方向的小溪会不会把我们带上歧路?”

“不管怎么样,我们来到这里一点都不遗憾。这里的风景太奇妙了,而且……”

“我们不是来看风景的。我为自己确定了一个目标,我要实现它!所以别和我谈什么欣赏风景!”

我牢牢记住了他的话,于是便听任教授独自咬着嘴唇心急如焚。晚上六点,汉斯要求发薪金,叔叔给了他三块银币。

八月十六日星期日。一切如旧。天气照常。风力稍稍增强了一些。我醒来时,首先关心的便是光亮。我总是担心这电光会逐渐暗淡、直至熄灭。这种担心并没有变成现实。木筏的影子清晰地投射在海面上。

这海真是无边无际!它可能和地中海,甚至和大西洋一样宽。为什么不呢?

叔叔测量了好几次水的深度。他拿出一根一千两百英尺长的绳索,将一把沉重的铁镐系在顶端,然后放入水中。可是碰不到底。我们费了好大的劲才收回铁镐。

铁镐被拉上木筏后,汉斯指给我看上面明显的痕迹。它似乎被两个坚硬的物体猛烈地夹击过。

我看着向导。

他说了一个丹麦词。

我听不懂,回过头去看叔叔,叔叔正陷入沉思。我不想打扰他,便重新回头看着冰岛人。他张开嘴,然后又闭上,重复了好几次,才使我明白了他的意思。

“牙齿！”我仔细地看了看铁镐，惊诧地说。

是的，这的确是嵌进铁镐内的牙印！长着这些牙齿的颚骨一定力大无比！难道在海水深处，活动着一种比鲨鱼更为凶猛、比鲸鱼更为可怕、在地球上早已灭绝了的怪兽？我盯着这根几乎被咬断的铁镐，心想昨夜的梦难道真的要变成现实了？

我整整一天都被这种想法折磨着，只是后来睡了几个小时，才勉强平静下来。

八月十七日星期一。我试图回忆第二纪古代动物的特性，这些动物出现在软体动物、甲壳动物和鱼类之后，哺乳动物之前。当时整个地球属于爬行动物。这些怪兽主宰着侏罗纪时期的海洋①。自然给了它们最为完善的构造。它们的体形何等巨大！力量何等神奇！如今的爬行动物，不管是鼍龙还是鳄鱼，不管它们多么巨大、多么凶猛，和它们早期的祖先相比，只是些软弱无力的小爬虫！

想到这些怪兽，我不禁打了一个寒噤。没有人亲眼见到过这种活的动物。尽管它们在人类出现几十万年之前就生活在地球上，但是根据在石灰质黏土里发现并被英国人称为“下侏罗纪化石”的骨骼化石，人们可以复制出它们的结构，了解它们巨大的体形。

我曾经在汉堡博物馆看到过一具长达三十英尺的爬行类动物骨骼。难道我这个地球的居民命中注定要和这些古老的动物见面吗？不，不可能！可是铁镐上确确实实刻着有力的牙印，从这些牙印来看，这头怪兽的牙齿是

① 侏罗山脉的地层就是由第二纪时期的海洋上升构成的。——作者原注

圆锥形的，和鳄鱼一样。

我惊恐地注视着大海，生怕看到一个海底洞穴的居民蹿出来。

我想即使李登布洛克教授不像我这样害怕，至少也同意我的看法，因为他在检查了铁镐之后，也用目光扫视着海面。

“这主意真见鬼！”我自言自语道，“他怎么会想到测量水深的！他一定打搅了某个动物的休息，要是我们在海上不受到袭击……”

我看了看武器，它们都很好，我稍稍放心了一点。叔叔看着我，用手势对我表示赞同。

水面剧烈地动荡着，这已经说明了水底的骚动。危险在逼近，必须小心。

八月十八日星期二。夜晚降临了，确切地说是睡意来临的时候到了，因为这片海上没有黑夜，直射的光线使眼睛感到很疲劳，仿佛我们是航行在阳光照耀着的北极海面上一样。汉斯把着舵。他值班的时候，我睡着了。

两个小时后，一阵可怕的震动将我惊醒。木筏被一种难以形容的力量从水面上掀起，抛到一百三十多英尺以外的地方。

“怎么了？”叔叔叫道，“是不是触礁了？”

汉斯指着一千三百英尺开外的海面，有一头黑乎乎的东西正在起伏着。我看着叫了起来：

“是一头巨大的鼠海豚！”

“对，”叔叔回答说，“现在又来了一条异常巨大的海蜥蜴！”

“远处还有一条可怕的鳄鱼！你看它的颚骨有多宽！还有牙齿！啊！它消失了！”

“鲸鱼！一条鲸鱼！”这时候教授叫道，“我看到它那巨大的鳍了！你看它鼻孔里喷出的水和气！”

果然，海面上升起了两根高高的水柱。面对这一群海兽，我们惊恐万状。它们大得异乎寻常，即使是其中最小的海兽也能用牙齿把木筏一口咬断。汉斯转着舵，想让筏子顺风行驶，以便逃离这群危险的动物；可是他在木筏的另一侧看到了同样可怕的敌人：一只四十英尺宽的海龟和一条三十英尺长的海蛇，后者那巨大的脑袋伸在水面上。

逃不掉了。这些爬行动物在逼近；它们围着木筏迅速地转着，就是高速行驶的火车也没有它们快；它们以木筏为中心，划出一个又一个圆圈。我拿起了枪。可是子弹打在这些动物的鳞片上，又会有什么用呢？

我们吓得连气都不敢出。它们来了！一边是鳄鱼，另一边是海蛇。其他海兽全都不见了。我想开枪，汉斯用手势制止了我。两头怪兽在离木筏三百多英尺远的地方游过，相互朝对方猛扑过去，它们是如此狂怒，所以根本没有看到我们。

战斗在离木筏六百多英尺远的海面上展开。我们可以清晰地看到两头怪兽的搏斗。

现在其他海兽似乎也赶来参加战斗了：鼠海豚、鲸鱼、海蜥蜴、海龟。我每时每刻都能见到它们。我指给冰岛人看。可是他摇了摇头。

“两头。”他说。

“什么！两头？他说只有两头怪兽……”

“他说得对。”叔叔叫着说，他一直用望远镜注视着怪兽。

“怎么会！”

“没错！第一头怪兽长着鼠海豚的嘴、海蜥蜴的头和鳄鱼的牙齿，所以我们会看错。这是古代爬行动物中最可怕的鱼龙！”

“另一头呢？”

“另一头是长着龟壳的海蛇，它叫蛇颈龙，是鱼龙的死敌！”

汉斯说得没错。仅仅两头怪兽就把海面搅得天翻地覆。在我眼前的是两头原始海洋里的爬行动物。我看到鱼龙血淋淋的眼睛大得就像人头。自然给了它强有力的视觉器官，因而它能承受水的压力，生活在深海。人们曾称它是海蜥蜴中的鲸鱼，这不无道理，因为它有着和鲸鱼一样大的体形、一样快的速度。鱼龙在水面上竖起垂直的尾鳍时，我估算出了它的大小：它至少有一百英尺长。它的颚骨也十分巨大，自然学家们认为它至少有一百八十二颗牙齿。

蛇颈龙的身体呈圆筒形，尾巴很短，四肢像桨。它的身体盖满了甲壳，天鹅般柔软的头颈高高地伸在离水面三十英尺的空中。

两头海兽狂怒地撕打着。它们掀起像山一样高的浪涛，甚至波及我们的木筏。我们有好几次几乎就要沉没了。海面上传来极为尖厉的叫声。两头海兽缠绕在一起，我无法辨认出它们。胜利者的愤怒令人心惊胆战。

一个小时过去了，两个小时过去了。战斗进行得依然激烈。两名战士一会儿接近木筏，一会儿又离它而去。我们一动不动，时刻准备开枪。

突然，鱼龙和蛇颈龙都不见了，水面上形成了一道名副其实的漩涡。好几分钟过去了。难道战斗将在大海深处结束吗？

猛然间，一只巨大的脑袋伸出海面，这是蛇颈龙的脑袋。怪兽受到了致命的创伤。我再也看不到它的甲壳，只见它的长颈伸起来、落下去、再伸起来、再落下去，就像一根巨大的鞭子抽打着波涛，它的身体犹如被截断了的蠕虫一样扭曲着。海水溅到很远的地方，蒙住了我们的眼睛。但是，这头海兽的垂死挣扎不久就接近了尾声，它的动作逐渐减弱，身体也逐渐不再扭曲，最后这条长蛇一动不动地躺在平静下来的海面上。

至于鱼龙，它是回到自己的海底洞穴去了呢，还是会重新出现在海面上？

三十四

八月十九日星期三。值得庆幸的是，大风使我们迅速逃离了战场。汉斯仍然掌着舵。叔叔因为这场意外的战斗暂时中断了他的沉思，现在他重新焦急地凝视起大海来。

旅行又变得枯燥乏味，不过我宁愿保持现状，也不想再经历昨天的危险。

八月二十日星期四。风向东北偏北，风力时大时小。气温很高。我们航行的速度是每小时七点五英里。

中午时分，很远的地方传来一种声音。我把它记了下来，可无法解释它的成因。这种声音低沉而又连续。

“远处要么有岩石，要么有岛，”叔叔说，“这是海水拍打在上面发出的声响。”

汉斯爬到桅杆顶上，可是没看见任何礁石。大海仍然向远处的地平线伸展着。

三个小时过去了。这声音似乎来自远处的一个瀑布。

我把这种感觉告诉了叔叔，可是他摇了摇头。我坚信我没听错。难道我们正驶向某个瀑布、将要被它拖进一个深渊吗？这种下坠的方式可能会让教授高兴，因为它近乎是垂直降落，可是我……

不管怎样，几英里的远处一定有一个声音源，声音是借着风势传过来的，因为现在它已经可以听得很清楚。它是来自天上，还是来自海洋？

我把眼光投向空中的云彩，试图测出它有多厚。天空非常宁静。云彩高挂在穹顶上面，纹丝不动，好像溶化在强烈的光线当中。看来这声音并不是从天上传来的。

于是我注视着平坦而明净的海平面。它的面貌依然如故。不过要是这声音来自一个瀑布，要是大海正在泻入某个盆地，要是这声音的确是直下的飞流造成的，那么海水应该变得活跃起来，而且越流越快，我可以根据水流的速度计算出我们离危险还有多远。我看了看海水的流向，它根本就不在流动。我朝大海里扔了一只空瓶子，它只是在随风漂荡着。

四点钟左右，汉斯站起身来，攀住桅杆，爬到顶上。他的目光扫视着木筏前方的水天连接处，最后停留在一个小点上。他的脸上没有流露出任何惊讶，但是眼睛却凝视着那个小点。

“他看到什么东西了。”叔叔说。

“我也这么想。”

汉斯下来了,他指着南面说:

“那边。”

“那边?”叔叔重复道。

他拿起望远镜,仔细观察了一分钟,这一分钟在我看来似乎是一个世纪。

“对,对!”他叫道。

“你看见什么了?”

“海面上喷出一道巨大的水柱。”

“又是什么海兽?”

“可能。”

“那就朝西航行吧,我们大家都清楚碰上这些古代怪兽有多危险!”

“按原航向前进。”叔叔回答说。

我回头看着汉斯。汉斯坚定不移地掌着舵。

我们离这头海兽的距离估计至少有三十英里,如果在这个距离就能看到从它鼻子里喷出的水柱,那么这头海兽肯定大得非同寻常。这时候最为简单谨慎的做法就是溜之大吉。可是我们不是为了谨慎才到这儿来的。

于是我们继续前进。木筏越往前驶,水柱就越大。什么怪兽能吸进这么多的水,然后再不断地将它喷出来呢?

晚上八点,我们离怪兽不到五英里了。它那黝黑巨大、高低起伏的身体犹如一座小岛,伸展在海面上。这是幻觉还是恐惧?我觉得它的长度有一英里多！这么大的鲸鱼连居维叶和布鲁门巴哈[①]这样的科学家都不曾遇到过，它究竟是什么呢？它一动不动，就像是睡着了；连大海似乎都不能将它掀起，波浪只能在它的身边起伏。水柱被喷射到五百英尺的高度，然后像雨点般地落下来，发出震耳欲聋的巨响。我们如同疯子一样，朝这个巨大的身躯驶去，即便是一百条鲸鱼也不够这头怪兽吃一天的。

我害怕极了，不愿再往前去！如果必要的话，我甚至可以割断船帆的绳索！教授不答应我，我就要反抗他。

突然汉斯站起来，用手指着那威胁我们的怪兽。

“岛！”他说。

“是一座岛！”叔叔大声喊道。

“一座岛！”我也耸了耸肩说道。

“当然是一座岛。”叔叔一边回答，一边发出一阵大笑。

“那这水柱是怎么回事？”

“喷泉。”汉斯回答。

“嘿！一点不错，是喷泉！”叔叔接着说，“就像冰岛的喷泉[②]一样！”

我起先不相信会犯这么低级的错误，竟然把一座小岛看成一头怪兽！可是事实很清楚，我不得不承认看错了。我眼前只有一座天然岛屿。

随着我们的驶近，水柱变得异常宏大。小岛酷似一条巨鲸，鱼头伸出海面近七十英尺。“喷泉”一词在冰岛语里也可以解释为“愤怒”；这眼喷泉雄

---

① 布鲁门巴哈（1752—1840），德国解剖学家、生理学家和人类学家。

② 冰岛著名的喷泉，位于赫克拉火山脚下。——作者原注

伟地矗立在小岛的一端，不时发出沉闷的轰鸣；巨大的水柱狂怒地摇晃着羽毛状的水汽，一直喷射到低沉的云端。喷泉孤零零的，周围既没有火山气体，也没有沸泉。水柱在电光的照耀下光彩夺目，每一滴水珠都折射出七彩的光芒。

“靠岸。”叔叔说。

不过我们必须避开这倾泻而下的水，否则木筏就会在顷刻之间被击沉。汉斯熟练地驾驶着筏子，把我们送到小岛的顶端。

我跳上岩石，叔叔轻巧地跟着我，向导则坚守着他的岗位，好像他永远不会为好奇心所动一样。

我们走在掺杂着硅质凝灰岩的花岗石上；脚下的大地颤抖着，如同炽热的蒸气在锅炉里翻腾，热得烫人。我们的眼光落在一个中央小盆地里，喷泉就是从这儿射出来的。我把一根温度计放入沸腾的水流中，水银柱指着一百六十三度。

这说明水源的温度极高，也和李登布洛克教授的理论背道而驰。我忍不住向他指出了这一点。

“怎么，”他反驳说，“这又能证明什么？我的理论错在哪里？”

“没什么。”看到他如此顽固，我便生硬地回答他。

不过，我不得不承认：迄今为止，我们非常顺利，而且不知什么缘故，我们的旅行一直是在特殊的温度环境下完成的；但我坚信，总有一天，在我们所到达的地区，地热会达到极限，并且超过所有温度计的刻度范围。

等着瞧吧。这是叔叔经常挂在嘴边的话。他用我的名字为这座火山小岛命名之后，便示意我上船。

我又盯着喷泉看了几分钟，发现它的喷射很不规则，时强时弱，我把这种现象归因于积聚在地下的水蒸气的压力变化。

我们绕过小岛南端的陡峭岩石，重新出发了。汉斯利用这次短暂的停顿，把木筏整修了一番。

不过在离开小岛之前，我留心计算了一下我们走过的路程，把结果记进了日记。从格劳本港到这里，我们已经在海上航行了六百七十五英里，现在我们是在英国下面，离冰岛一千五百五十英里。

三十五

八月二十一日星期五。第二天，壮观的喷泉已经消失。风更大了，它推着我们迅速驶离了阿克赛尔岛。喷泉的隆隆声也逐渐消失。

天气——如果我能这样称呼它的话——不久就要发生变化。空气中弥漫着带电的水汽，这些水汽来自于海水的蒸发，有一股咸味儿；云层压得很低，呈现出微微的橄榄绿色；一场风暴即将上演，厚实云幕降落在舞台上，电光勉强才能穿透它。

我和地球上所有灾难临头的生命一样,被震慑住了。南方的积云[1]预示着一种不祥之兆,显得非常冷酷;眼前的这种景象我经常在暴风雨来临之前看到。空气很沉闷,海面则十分平静。

远处的乌云犹如堆积着的大包棉花,既杂乱,又好看;它们渐渐膨胀开来,数量逐渐减少,而体积却越来越大;这些乌云是如此沉重,以至于它们似乎和地平线压在了一起;然而,在高空气流的吹动下,它们慢慢聚合起来,变得阴沉沉的,最后可怕地连成了一片;时而会有一团明亮的水汽在这灰色的地毯上跳跃,可是不久就会消失在厚重的大块乌云中。

空气中显然充满了水汽;我浑身湿透,头发直竖,好像站在一台电机旁边。我觉得这时候如果我的同伴碰我一下的话,他肯定会受到强烈的电击。

上午十点,风暴的征兆更加明显;风似乎在逐渐减弱,以便稍事休息后卷土重来;乌云仿佛一个巨大的口袋,里面酝酿着狂风暴雨。

我不想相信老天的威胁,可还是忍不住说:

“看来天气要变坏了。”

教授没有回答。看到眼前的大海无边无际,他的心情坏到了极点。听到我的话,他只是耸了耸肩。

“我们将会碰上风暴,”我指着地平线说,“这些低垂的乌云似乎要把地平线压碎!”

一片寂静。风停了。自然界中的一切都不再呼吸,仿佛死了一般。降落了一半的船帆紧密地折叠着,挂在桅杆上;桅杆的顶端已经隐隐映出了爱

---

① 圆形的云。——作者原注

尔摩火[①]。木筏在凝重平静的海面上一动不动。既然我们已经停止了前进，要船帆还有什么用？只要风暴一起，它立刻就可以使我们葬身海底。

“把帆降下来吧，”我说，“把桅杆也放下！这样比较谨慎一点！”

“不行，真见鬼！”叔叔叫道，“绝对不行！就让大风袭击我们，就让暴雨吹打我们吧！即使木筏会撞得粉碎，我也要看到对岸的岩石！”

话音未落，南面的地平线突然发生了变化。乌云化作了大雨，空气剧烈地流动着，赶来填补因水汽凝结而形成的真空，于是便刮起了大风。这风来自洞穴的最深处。天更黑了。我要做一些简短的记录几乎都不可能。

木筏被掀了起来，它跳跃着。叔叔从高处摔了下来。我连忙挪到他身边。他牢牢抓住一根绳索，津津有味地欣赏着猛烈的风暴。

汉斯纹丝不动。他的长发被大风吹到毫无表情的脸上，每一根发梢都闪着电光，样子十分奇特，就好像一个和鱼龙、大懒兽同时代的远古人。

可是桅杆依然挺立着。船帆被吹得鼓鼓的，犹如一个即将胀裂的气泡。木筏迅速前进着，速度快得无法估算，不过它还是没有雨滴下落的速度快，这些雨滴快得看上去就像是一条条清晰的直线。

“帆！帆！”我一边说，一边做手势把帆落下来。

“不！”叔叔回答。

“不。”汉斯也微微摇着头说。

我们发疯似的朝地平线驶去，可是前面的大雨像一道瀑布，挡住了我们的去路。雨还没有落到我们身上，云幕就被撕了开来，大海开始沸腾，产生

---

① 暴风雨夜间桅顶处常见的电光。

于高空云层化学反应的电也开始发威。隆隆的雷声夹着闪闪的电光，闪闪的电光和着隆隆的雷声；水汽变得异常炽热；冰雹颗粒砸在我们的金属工具和武器上，发出点点火星；澎湃的海浪如同一座座孕育着大火的山峰，每座山峰都喷射着火焰，好像戴着火红的冠饰。

强光耀眼炫目，雷声震耳欲聋！我不得不抱紧桅杆，而猛烈的风暴竟然把桅杆刮得像芦苇一样弯下了腰！！！

（这里我的旅行日记变得非常不完整。我只找到一些粗略的观察记录，几乎是我机械地记下的。不过，尽管它们很简短，甚至很晦涩，但它们反映了我当时的紧张心情，比我的回忆更加真实地描绘了我的感受。）

八月二十三日星期日。我们在哪里？我们被风暴卷着前进，速度快得无法想象。

过去的一夜可怕至极。风暴丝毫没有平息。四周不停地响着惊雷。我们的耳朵在流血。连相互说一句话都不可能。

闪电也在继续。我看到"之"字形的电光在迅速闪过之后，便由下往上地倒退回去，轰击着花岗岩穹顶。万一它坍塌下来怎么办？还有一些闪电相互交叉着，或者像火球一样，发出炸弹般的爆炸声。这些声音似乎已经不再增大，它们已经超出了人的耳朵所能承受的极限，即使地球上所有的火药库同时爆炸，我们也不会觉得声音更响。

电光继续在乌云表面闪耀；电分子不断地释放着电能；空气的气体性质显然已被改变；无数水柱冲到空中，落下后溅起一片浪花。

我们在往什么地方去…… 叔叔平躺在木筏的顶端。

气温越来越高。我看了看温度计，水银柱指着……（数字已变得模糊不清。)

八月二十四日星期一。风暴还没有结束！为什么空气密度一旦上升之后就降不下来呢？

我们筋疲力尽。可汉斯还是镇定自若。木筏依然朝东南方疾驶。离开阿克赛尔岛至今,我们已经航行了五百多英里了。

中午,风暴更加猛烈。我们不得不把所有器具都牢牢地绑在木筏上,包括我们自己。海浪从我们头上呼啸而过。

三天来我们无法交谈一句。我们张开嘴,掀动嘴唇,可是发出的声音没有人能听得见,即使凑着耳朵说话也听不清。

叔叔靠近我,勉强说了几个字。我好像听见他说:“我们完了。”但我不敢肯定。

我下决心给他写道:“把帆降下来。”

他的头点下去,表示同意。

可是他还没来得及抬头,木筏边上便出现了一个火球。桅杆和帆一下子被卷走了,我看见它们飞到极高的空中,就像古代传说中的神鸟翼趾龙一样。

我们害怕得浑身冰凉。半白半蓝的火球如同一颗直径十英寸的巨大炸弹,慢慢地移动着,在风暴的抽打下疾速旋转。它朝我们来了,它爬上木筏的骨架,然后跳到食品包上,接着又轻轻飘下,一个反弹,掠过火药箱。多么恐怖！我们都要被炸上天了！不。耀眼的火球离开了火药箱,朝汉斯飞去,汉斯盯着它;它又朝叔叔飞去,叔叔连忙躲避;最后它朝我飞来,强光和高温使我脸色苍白,浑身颤抖;它在我的脚下徘徊,我想把脚收回来,可是办不到。

空气中充满了氮气的味道;人把它吸进喉咙和肺就感到窒息。

我怎么收不回脚?它被钉在木筏上了!啊!这个带电的火球落下后,将筏子上所有的铁器都磁化了;仪器和武器颤动着、碰击着,发出尖厉的声音;我的鞋钉和一块嵌入木头的铁板牢牢地吸在了一起。难怪我无法收回我的脚!

火球旋转着要吞噬我的脚,并且要把我卷走,在这一刹那,我终于用力将脚收了回来,可怕极了……

啊!光线多么强烈!火球爆炸了!火星溅了我们一身!

接着一切都暗淡了下来。我看到叔叔躺在木筏上,汉斯仍然掌着舵,由于他全身带满了电,所以一直在"喷火"。

我们这是在去哪儿?去哪儿?

八月二十五日星期二。我昏迷了很久,醒来时风暴仍在继续;闪电如同一窝被放到天上的蛇一样,在游动着。

我们还是在海上吗?是的,我们以无法估算的速度行驶着。我们已经过了英国、过了英吉利海峡、过了法国,也许已经过了整个欧洲!

又有一个新的声音传来!这显然是海水撞在岩石上发出的……这时候……

三十六

我所谓的"航海日记"到这里就结束了，所幸的是它被从失事的木筏里抢救了出来。现在我继续前面的叙述。

我说不清木筏撞在岸边的礁石上时发生了什么事。我觉得自己被抛到了海里，之所以能幸免一死，身体也没有被尖利的岩石刺碎，全亏汉斯有力的臂膀将我从深渊拉回。

勇敢的冰岛人把我带到海水冲不到的沙滩上，沙子滚烫的，我和叔叔并排躺在上面。

接着，他朝被狂怒的海水拍打着的岩石走去，想救出失事木筏上的一些漂流物。我又惊又累，说不出一句话；我需要很长时间才能恢复过来。

暴雨继续下着，尽管变本加厉，但这预示着它即将结束。我们在几块重叠着的岩石下躲避风雨。汉斯准备了一些食物，可我连碰都不想碰。由于三天三夜没有合眼，大家已经筋疲力尽，所以都痛苦地睡着了。

第二天，天气格外晴朗。天空和大海就像事先约好了一样，同时平静了下来。所有风暴的痕迹都消失得无影无踪。我醒来时，教授用快乐的话语向我问好。他的心情好极了。

“我说，孩子，”他叫道，“你睡得好吗？”

我简直以为自己是住在科尼街的家里，正平静地下楼准备吃早饭，而这一天正是我和可怜的格劳本结婚的大喜之日。

可惜！只要风暴把木筏再往东面吹一点，我们就可以来到德国下面，来到我亲爱的城市汉堡下面，来到有着世界上我所爱的一切的小街下面。这样的话，我和家乡的距离就不到一百英里了！不过这是一百英里垂直的花岗岩层，而事实上我们要走两千五百英里才能回去！

在回答叔叔的问题之前，所有这些痛苦的念头都在我的脑海里一闪而过。

“啊！”叔叔接着说，“你不愿告诉我是否睡了个好觉？”

“睡得很好，”我回答，“还有点累，不过没关系。”

“完全没有关系，只是有点累而已。”

“可是你今天好像很高兴，叔叔。”

“高兴极了，孩子！高兴极了！我们到了。”

“到达旅程的终点了？”

“不，是到达这片汪洋大海的尽头了。现在我们要重新走在陆地上，名副其实向地心进发。”

“叔叔，请允许我向你提个问题。”

“提吧，阿克赛尔。”

“我们怎么回去？”

“回去！啊！我们还没有到，你就想着要回去？”

“不，我只是问我们怎么回去。”

“用世界上最简单的办法。等到达地心之后,我们要么找一条新的路回到地面,要么规规矩矩地按原路返回。我想那条路不至于在我们身后关上吧。”

“那我们必须把木筏修好。”

“当然。”

“可是我们有足够的食品干这一切吗?”

“有,当然有,汉斯是一个能干的孩子,我肯定他救出了大部分给养。我们这就去看看吧。”

我们走出这个四面透风的洞穴。我既满怀希望,又充满恐惧;我认为在可怕的靠岸过程中,木筏上的东西不可能还留下来。可是我错了。到了岸边,我看到汉斯站在一大堆整理得井井有条的物品中间。叔叔无比感激地和他握了握手。世界上再也找不出第二个像他这样忠诚无比的人了,我们睡觉的时候,他一直在工作,冒着生命危险把最为珍贵的东西抢救了出来。

我们并非没有遭受重大损失,比如我们的武器;不过我们也用不着它们。差点在风暴中爆炸的火药也安然无恙。

“好吧,”教授叫着说,“没有了枪,我们最多不打猎就是了。”

“是的;可仪器怎么样?”

“这是流体气压计,它是最重要的东西,我宁可没有其他所有的仪器,也不愿失去它!有了它,我就能测算深度,知道我们何时抵达地心。否则我们可能走过头,从地球的另一端出来!”

他的愉快看上去很残忍。

“可是罗盘呢?”我问。

“在这儿，在岩石上，完好无损，计时器和温度计也一样。啊！向导真是个难得的人！”

这一点必须承认；仪器这方面什么都不缺少。至于工具，我看到沙滩上凌乱地散落着梯子、绳索、铁镐等东西。

不过食品问题还需要弄清楚。

“食品呢？”我说。

“那就看看食品。”叔叔回答。

存放食品的箱子排放在沙滩上，保存得很好；大部分食品都没有受到海水浸泡，总之，饼干、腌肉、刺柏子酒和鱼干还足够我们吃四个月的。

“四个月！”教授叫道，“我们可以走一个来回了，我要用余下的食物为我在约翰大学的同事们举行一个盛大的宴会！”

我虽然早就已经习惯叔叔的脾气，但他总是让我感到惊奇。

“现在，”他说，“我们要把所有花岗岩石洼里的雨水积攒起来，作为我们的淡水储备；这样我们就不用担心口渴了。至于木筏，我会让汉斯尽可能地将它修复，尽管我想我们不会再用它了！”

“为什么？”我叫着问。

“我只是这样想，孩子。我认为我们不会从原路出去。”

我怀疑地看着教授，心想他是不是疯了。可是他说出的话都很正常。

“去吃早饭吧。”他又说。

他对向导嘱咐了几句，然后便领我来到一个高高的海角上。那里放着干肉、饼干和茶，真是一顿丰盛的早餐，我承认这是我一生中所吃过的最美味的早餐之一。饥饿、新鲜空气、动荡之后的平静，这一切都使我胃口大开。

吃饭的时候，我问叔叔现在我们在哪里。

“我觉得很难算出我们的位置。”我说。

“是的，要算得精确的确很难，”他回答，“这甚至是不可能的，因为在风暴的三天里，我无法记录木筏的速度和方向；不过我们可以大致估算一下我们的位置。”

“是的，我们最后一次测定方位是在那座有喷泉的岛上。”

“是阿克赛尔岛，孩子。你的名字被用来命名第一个在地球内部发现的岛屿，这是荣誉，你不要推辞。”

“好吧！我们到达阿克赛尔岛的时候，已经航行了大约七百英里，离冰岛约一千五百英里。”

“好！以这一点为出发点，就算风暴刮了四天，在这四天里，我们每二十四小时所行驶的路程不会低于两百英里。”

“我同意。这就是说还要加上八百英里。”

“对，李登布洛克海两岸之间的宽度大约有一千五百英里！知道吗，阿克赛尔，它的面积可以和地中海相提并论！”

“是的，如果我们只是横渡了这片海的话。”

“这是完全可能的！”

“奇怪的是，”我接着说，“要是我们计算正确，那么地中海现在就应该在我们的头顶上。”

“真的？”

“真的，因为我们离雷克雅未克有两千两百五十英里！”

“这段路可不短啊，孩子；不过，不管我们是在地中海下面，还是在土耳其下面，或是在大西洋下面，只有在方向没有发生偏差的情况下，我们才能确定位置。”

“没有偏差，风一直朝着这个方向在吹；所以我认为这片海岸位于格劳本港的东南。”

“好吧，这个很容易确定，只要看看罗盘就行了！”

教授朝汉斯陈放仪器的岩石走去。他很愉快、很轻松，搓着双手，还不时地摆出一个姿势！真是个孩子！我跟着他，很想知道我的估算是否准确。

叔叔来到岩石边上，拿起罗盘，将它放平，然后看着指针；指针晃动了几下，便在磁力的作用下停止不动了。

叔叔看了一会儿，搓搓手，又看了起来。最后，他目瞪口呆地转过身来。

“怎么了？”我问。

他示意我自己去看仪器。我情不自禁地惊叫了起来。指针所指的北方，恰恰是我们所认为的南方！它指着海岸，而不是大海的方向！

我摇了摇罗盘，仔细检查了一番；它毫无问题。不管我把指针拨到什么位置，它总是固执地回到原位，指着那意想不到的方向。

这么说，风向无疑在风暴期间发生过变化，而我们却没有察觉；叔叔以为已经把出发时的海岸远远地抛在了身后，可是风却又把木筏送了回来。

三十七

我简直不能描绘使李登布洛克教授激动万分的这一系列感情变化:先是惊讶,接着是疑惑,最后是愤怒。我从来没有见到过一个人像这样由轻松转为生气。一切将要从头开始:渡海时的疲乏,所遭遇的危险!我们不仅没有前进,反而后退了!

不过叔叔很快就振作了起来。

“啊!命运竟然和我开这种玩笑!”他叫道,“大自然的一切都阴谋和我作对!空气、火、水联合起来阻挡我的去路!好吧!就让你们知道我的意志。我不会放弃,也不会后退一步,我倒要看看人和自然究竟是谁胜利!”

奥托·李登布洛克站在岩石上,怒气冲天,面目可怕,他就像凶恶的阿贾克斯①,似乎在向神灵挑战。不过我觉得应该阻止他这种疯子般的狂热。

“听我说,”我用坚定的语气对他说,“人世间所有的雄心壮志都有一个

① 阿贾克斯,希腊神话中围攻特洛伊城的勇士,因藐视神灵,所以逃到一块礁石上,最后被海神波塞冬所吞噬。

限度；我们不应该和无能为力的事情抗争；我们的航海设备太差；光靠几根拼凑起来的树干、一条毯子船帆和一根木棒桅杆，我们是不可能顶着大风完成一千两百多英里的航程的。我们无法驾驶木筏，我们只是风暴掌中的玩物，再渡一次海是不可能的，这样做是疯子的举动！”

我列举着这一系列不可辩驳的理由，滔滔不绝地讲了十分钟；可这只是因为教授没有注意听的缘故，我的话他一句都没有听进去。

“上木筏！”他叫道。

这就是他的回答。我无论是恳求还是生气，这一切都是徒劳，教授的意志坚如磐石，我撞得头破血流。

这时候，汉斯完成了木筏的修理工作。他好像猜出了叔叔的心思，用几块化石木片加固了筏子。桅杆也被竖了起来，折叠着的帆随风飘动着。

教授对向导说了几句，后者便立刻开始往木筏上搬东西，做出发的准备。空气很纯净，西北风持续地刮着。

我能做什么呢？一个人反对他们两个人？不可能。要是汉斯站在我这边，说不定还行。但他没有！这个冰岛人似乎抛弃了所有的个人意愿，立志要忘我地工作。从这个对主子唯命是从的仆人那里，我是什么都得不到的。我不得不往前走。

于是我准备上木筏，坐到我的老位子上去，这时候叔叔用手挡住了我。

“我们明天再走。”他说。

我做了一个手势，表示俯首听命。

“我不能忽略任何东西，”他接着说，“既然命运把我带到了这片海岸上，不把它了解清楚，我就不能离开。”

事实上,我们回到的不是先前出发的地方,而是更北一点的海岸,格劳本港在西面;如果读者知道这一点,就能够理解教授刚才所说的话。所以,对附近新的环境作一番考察,这是再自然不过的事情。

“我们行动吧!”我说。

于是汉斯留下来继续干活儿,我们则出发了。海岸和悬崖之间有一段很长的距离,必须走半个小时才能到达。我们踩着无数的贝壳,它们形状各异,大小不同,里面曾经生活着古老的生物。我还看到许多巨大的甲壳,它们的直径经常超过十五英尺,是上新世时期的雕齿兽留下的,这种古老的动物体形庞大,生活在现在的海龟只不过是它的微缩模型而已。此外,地上散布着大量的卵石,它们被海浪冲得圆圆的,排成一条条直线。由此我断定这地方过去曾经被海水淹没过。现在海水已经涨不到这些四散的石头上了,可是它却在上面留下了明显的痕迹。

这在某种程度上解释了为什么在离地表一百英里的深处,会有一片海洋存在。不过在我看来,这个巨大的水体将会在地球的深处逐渐消失,地表海洋里的水显然是通过一些缝隙流下来的,所以才形成了这个地下海。但是,这些缝隙现在已经被堵住了,否则的话,整个洞穴——更确切地说,是这个无边无际的空间——就会在短时间内被水填满。也许这些海水在遇到地热之后,已经有一部分蒸发掉了,形成了悬在我们头顶上的云层和放电现象,正是后者在地球深处引发了风暴。

我觉得有关这种被我们亲眼看见的现象的理论是令人满意的,因为不管自然奇观有多么壮丽,它们总是可以用科学原理来解释。

此时此刻,我们走在沉积地层上,和那一时期所有的地层一样,它是在水流的冲积作用下形成的，这种地层在地球表面分布很广。教授仔细地观察着岩石的每一条缝隙，只要他看到一个洞口，就要认真地测量一下深度。

我们沿着李登布洛克海走了一英里，这时候地貌突然发生了变化，它似乎因地层的剧烈上升而变得扭曲不堪，许多地方都有下陷和隆起的现象，表明曾经发生过大规模的地层断裂。

我们艰难地走在混杂着燧石、石英和冲积沉积物的花岗岩裂缝上，这时候，一片堆满动物骸骨的空地——应该说是平原——出现在眼前。它如同一个巨大的坟场，堆积着两千多年来各种动物的遗骨。它们层层叠叠，一望无际，起伏着伸向地平线的尽头，消失在迷雾之中。在这块约三平方英里的空地上，堆积着一部完整的动物生命史，而这部历史在人类世界的年轻地层上还几乎没有被书写出来。

然而，我们被一种焦急的好奇心驱使着。我们的脚踩在这些史前动物的遗骸和化石上，发出刺耳的声音。这些化石碎片既珍贵又有价值，是许多大城市的博物馆所争夺的目标。动物们躺在这个壮观的枯骨堆里，即使有一千个居维叶再世，也不能把它们的骨骼完全复制出来。

我惊得目瞪口呆。叔叔朝被我们看作天空的厚厚穹顶举起了粗大的手臂，他的嘴巴张得出奇地大，双眼在眼镜的镜片后面熠熠生辉，头上下左右地来回晃动着，每一个动作都表现出他的无比惊讶。他的眼前是一批无价之宝：短角兽、棱齿兽、奇蹄兽、偶蹄兽、大懒兽、乳齿象、原猴、翼手龙，所有这些古老怪兽的遗骸堆积在一起，使他感到兴奋。我们只要想象一位痴迷的书呆子来到被欧麦尔焚毁，但又奇迹般在废墟上重建起来的亚历山大[1]图书馆面前时的感受,就能知道当时李登布洛克教授是怎么一副模样了。

不过,当他穿过这遍地骸骨,拾起一个裸露的头盖骨时,他又是另外一番惊异的表情,他用颤抖的声音叫道:

"阿克赛尔!阿克赛尔!一个人头!"

"一个人头!叔叔?"我不无惊讶地回答。

"是的,侄子!啊!亨利-米尔纳·爱德华[2]先生!啊!阿尔芒·德·加特勒法日·德·布雷奥[3]先生!你们为什么不和我——奥托·李登布洛克在一起呢!"

三十八

要知道叔叔为什么会提到这些杰出的法国科学家,就必须了解在我们出发前不久,古生物学界发生了一个十分重要的事件。

---

① 亚历山大,埃及城市和港口,位于尼罗河三角洲西部。曾拥有一座藏书七十万册的图书馆,但在公元前四八年至公元前四七年该城人民反对罗马皇帝恺撒的起义中被焚毁。

② 亨利-米尔纳·爱德华(1800—1885),法国动物学家和生理学家。

③ 阿尔芒·德·加特勒法日·德·布雷奥(1810—1892),法国动物学家和人类学家。

一八六三年三月二十八日，雅克·布歇·德·克雷夫科尔·德·佩尔特[①]先生指挥工人在法国索姆省[②]阿伯维尔[③]附近的穆兰-基涅翁矿场从事发掘工作，他在地下十四英尺的深处发现了一块人类的颚骨。这是第一块重见天日的古人类颚骨。同时，他还在附近找到了一些石斧和经过人工切削的燧石，这些燧石由于年长日久，都带上了一层锈色。

这个发现不仅在法国，而且在英国和德国都引起了轰动。许多法兰西学院的学者，包括米尔纳·爱德华和德·加特勒法日，都非常关注此事，他们为这具颚骨无可争辩的真实性作证，并且成了这起“颚骨案件”——这是英国人的说法——最为积极的辩护者。

英国有许多地质学家相信这一发现，比如休·法尔考纳[④]、乔治·伯斯克[⑤]、威廉·本杰明·卡朋特[⑥]等等；德国也有不少，其中最积极、最热情、站在最前列的就是我的叔叔李登布洛克教授。

所以，第四纪时期人类化石的真实性看来已经得到了无可争辩的证明和认可。

当然，这一观点有一个坚定的反对者，他就是埃利·德·波蒙[⑦]。这位极富权威的学者认为，穆兰-基涅翁的地层并不属于洪积层，而是一种更加

---

① 雅克·布歇·德·克雷夫科尔·德·佩尔特（1788—1868），法国史前学家，史前学的先驱之一。

② 索姆省，法国北部省份。

③ 阿伯维尔，法国城市，位于索姆省境内的索姆河畔。

④ 休·法尔考纳（1808—1865），英国自然学家。

⑤ 乔治·伯斯克（1807—1886），英国动物学家和古生物学家。

⑥ 威廉·本杰明·卡朋特（1813—1885），英国生理学家，普通解剖学教授。

⑦ 埃利·德·波蒙（1798—1874），法国地质学家。

年轻的地层，他的看法和居维叶相同，不承认人类会和第四纪时代的动物共同生存。叔叔和大部分地质学家一起坚持自己的观点，经过讨论甚至争论，埃利·德·波蒙先生几乎成了孤家寡人。

我们都清楚这一事件的来龙去脉，但是我们却不知道，我们出发以后，问题有了新的进展。在法国、瑞士、比利时一些洞穴的灰色松土下，人们又发现了同样的颚骨，尽管这些颚骨属于不同人种、不同国家的居民；此外还发现了武器、用品、工具，以及孩子、少年、成年人和老人的骸骨。因此，第四纪存在人类的说法每一天都在得到证明。

不仅如此，一些更加大胆的科学家根据从上新世第三纪地层里发掘出的碎片，断言人类的起源还要古老。的确，这些碎片不是人类的骸骨，只是一些经过人类加工的东西，比如远古动物的胫骨和股骨，它们都有着规则的条纹，就像是被雕刻过一样，带着人工的痕迹。

这样，人类历史一下子就在时间的阶梯上往前跳跃了好几个世纪；它的出现比乳齿象还要早，和“南方古象”同时期；它已经存在了十万年，因为许多最著名的地质学家都认为，上新世地层就是在这个时候形成的！

这就是古生物学的现状，我们对这门科学的认识足以解释我们看到李登布洛克海的骸骨堆时所表现出的态度。因此，叔叔的惊讶和快乐就变得可以理解了，尤其是当他在二十步开外的地方，面对面地看到了一个第四纪人类的完整标本的时候。

这是一具清晰可辨的人类尸体。这里的土层性质非常特殊，和在波尔多的圣-米歇尔公墓的土层一样，难道就是因为这种土层，这具尸体才保存了这么多世纪吗？我说不清。尸体的皮肤松弛干瘪，四肢柔软，至少看上去是这样；牙齿完好，头发浓密，手和脚的指甲都大得可怕，在我们看来真的是栩栩如生。

我面对着这个属于另一个时代的人沉默不语。就连平时如此爱说话、爱手舞足蹈地做演讲的叔叔也变得缄口不语。我们把尸体抬起来，竖直了。它用凹陷的眼眶看着我们。我们按了按它那空洞有声的胸膛。

沉默了一会儿之后，叔叔忍不住又成了李登布洛克教授，他兴致大发，忘记了我们是在旅行当中，忘记了我们所处的场所，也忘记了囚禁我们的巨大洞穴。他一定以为自己在约翰大学，在给他的学生们讲课，他以一种师道尊严的语气，对想象中的听众说道：

“先生们，”他说，“我荣幸地向大家介绍一个生活在第四纪的人。一些著名的学者曾经否认他的存在，而其他一些同样著名的学者则持肯定的态度。古生物学界的圣·托马①们，要是你们在场的话，那么就请你们用手亲自摸摸它吧，这样你们就不得不承认你们的错误了。我知道科学应该谨慎地对待这一类发现。我也清楚像斐内阿斯·泰勒·巴尔努②之流的江湖骗子是如何利用古人类来大发其财的。我听说过有关阿贾克斯的髌骨的故事，也听说过斯巴达人发现所谓奥列斯特③遗体的故事，还听保萨尼亚斯④讲过阿斯特里尤斯⑤长达十七英尺的身体的故事。此外，我看过关于在十

① 圣·托马，耶稣十二门徒之一，他的理论是，凡事一定要亲眼看见才相信。

② 斐内阿斯·泰勒·巴尔努（1810—1891），美国演出经纪人，著名的大骗子。

③ 奥列斯特，一译俄瑞斯忒斯，希腊神话中阿伽门农之子。

④ 保萨尼亚斯，公元二世纪希腊地理学家和历史学家。

⑤ 阿斯特里尤斯，古代希腊学者。

四世纪被发现的特腊帕尼[①]骼骨的报告，有人认为这具骨骼是波吕斐摩斯[②]的；我还看过在巴勒莫[③]附近出土巨人遗体的报道。一五七七年，人们在卢塞恩[④]对一些巨大的骸骨做了分析，著名医生费利克斯·普拉特[⑤]称它们属于一个身高十九英尺的巨人，关于分析的结果，在座的先生们知道得和我一样清楚！我拜读了让·卡萨尼奥尼[⑥]的论文，以及所有关于辛布尔人[⑦]首领特多伯絮[⑧]的尸骨的回忆录、小册子、演讲稿和辩论稿，这位高卢征服者的尸骨是一六一三年在多菲内[⑨]的一个采沙场里出土的！要是我生活在十八世纪，我一定会和皮埃尔·坎贝尔[⑩]一起，反对让-雅克·舍施策尔[⑪]所宣扬的人类从远古时期就已存在的说法！我曾经有过一本名为《巨……》。"

叔叔在公众面前难以说好那些难念的词，现在，他这个天生的缺陷又显露出来了。

"一本名为《巨……》"他又说了一遍。

可是他说不下去。

---

① 特腊帕尼，意大利城市，位于西西里岛西岸，地中海之滨。

② 波吕斐摩斯，希腊神话中的独眼巨人。

③ 巴勒莫，意大利城市，位于西西里岛北岸，地中海之滨。

④ 卢塞恩，瑞士城市。

⑤ 费利克斯·普拉特（1536—1614），瑞士医生。

⑥ 让·卡萨尼奥尼，意大利十六世纪下半叶的古生物学家。

⑦ 辛布尔人，日耳曼民族的一支，公元前二世纪后期和条顿人一起占领高卢，不久遭到灭绝。

⑧ 特多伯絮，条顿人的首领。

⑨ 多菲内，法国地名，位于法国东南阿尔卑斯山区。

⑩ 皮埃尔·坎贝尔（1722—1789），荷兰医生、自然学家。

⑪ 让-雅克·舍施策尔（1672—1733），瑞士自然学家。

“《巨人……》。”

还是不行！这个可恶的词就是不肯被说出来！要是在约翰大学，大家一定会哈哈大笑了！

“《巨人论》。”李登布洛克教授咒骂了几声，终于把书名说了出来。

然后，他又变本加厉、眉飞色舞地继续讲下去：

“是的，先生们，所有这些事情我都知道！我还知道居维叶和布鲁门巴哈在这些骸骨中间认出了猛犸的普通骨头和第四纪时代的其他动物。可是，在这里，对古尸的丝毫怀疑就是对科学的亵渎！因为它就在这儿！你们看得见、摸得着。这不是一具骨骼，而是一具完好无损的人体，它之所以被保存下来，完全是为了供人类学家研究！”

我尽量不去反驳他的论断。

“如果我用硫酸溶液对它进行清洗，”叔叔接着说，“就能除去所有附在它身上的泥土和闪闪发亮的贝壳。可是我现在没有这种珍贵的溶液。不过，它这样保持原状，能更好地向我们讲述它自己的历史。”

说到这里，教授抓住这具古老的尸体摆弄起来，他动作灵活得就像是一个在展示奇珍异宝的人。

“看见吗，”他又说，“它身长不足六英尺，远远称不上是一个巨人。至于种族，他毫无疑问是高加索人，和我们一样，属于白种人！它的颅骨呈规则的卵形，颧骨和颚骨都不突出；它没有任何突颌特征，因此面角[①]未受丝

① 面角由两个平面构成，一个是和额头以及门牙相切的垂直平面，另一个是经过耳孔和下鼻棘的水平平面。在人类学中，因牙床突出而改变面角的现象被称为“突颌”。——作者原注

毫改变。请丈量一下这个角度，它几乎是九十度。如果再做进一步的推理，我敢说这个人体标本属于印欧族，它分布在从印度到西欧的广大地区。请别笑，先生们！”

其实根本没有人笑，可是教授已经看惯了人们在听他渊博的演讲时所露出的笑容！

“是的，”他又兴致高昂地继续说，“这是一具古尸，它和乳齿象生活在同一个时代，后者的骸骨放满了这间梯形教室。可是，我说不出这具古尸是如何来到这里的，也不知道埋葬它的地层又是怎么会滑到这个巨大的地洞里去的。也许在第四纪，地壳变动仍然非常频繁；地球在不断冷却的过程中产生了一些缝隙、缺口和塌陷，从而使一部分表面的地层滑到了地下。我不敢肯定，但是这里确实有人类，周围还有他的手工制品、斧子和切削过的燧石，这些东西构成了石器时代。除非他和我一样，是以旅行者或科学探险者的身份来到这里的，否则我就不能怀疑他的确是来自远古时代。”

教授说完了，我心悦诚服地为他鼓掌。叔叔说得对，即使是比他的侄子更有学问的人也难以将他驳倒。

另外补充一点，在巨大的骸骨堆中，这并不是唯一的一具古尸。我们每走一步，就能碰到其他古尸，叔叔可以任意挑选一具最完好的标本，来说服那些不易轻信的人。

事实上，混杂在这个巨大坟场里的人和动物的尸骨构成了一幅惊人的景象。可是有一个重要的问题我们不能解答：这些动物是在死了以后才由于地震而陷落到李登布洛克海岸上来的，还是它们本来就在这个地下世界的岩石天空下生活，和地面上的居民一样土生土长的呢？到目前为止，我们所看到的海兽和鱼类可全是活的！在这荒凉的海滩上是否还游荡着某些地心人呢？

三十九

我们又在这个尸骨堆里走了半个小时。在强烈的好奇心的推动下，我们继续前进着。这座洞穴里还有什么其他奇观和科学瑰宝呢？现在，我的目光已习惯于任何意外的事情，我的想象已习惯于任何令人惊奇的发现。

海岸早就消失在小山似的骸骨堆后面了。冒失的教授根本不担心迷路，他拉着我朝远处走去。我们沐浴着电光，无声地走着。不知是出于什么原因，电光充分地照射着，照亮了物体的所有表面。它没有固定的焦点，也不造成任何阴影。我们仿佛置身于赤道地区盛夏的正午，头顶着直射的烈日。所有的水汽都已消失。在这平均分布的光束下，远处的岩石、山峦和模糊的森林都显得非常奇怪。我们就像是霍夫曼①小说中的奇妙人物一样，全都失去了影子。

走了一英里之后，我们见到一大片森林，不过这不是格劳本港附近的蘑

① 霍夫曼（1776—1822），德国浪漫派小说家。

菇林。

这是一片宏伟的第三纪时代的植物群。已经灭绝了的巨大棕树、美丽的掌叶树，还有水杉、紫杉、柏树、崖柏，所有这些针叶树被一张错综复杂的藤本植物网连在一起。地面上铺着一层柔软的地衣和苔藓。几条小溪在树荫——其实不能称之为树荫，因为树根本没有影子——底下潺潺地流着。小溪边上，长着乔木状的蕨类，它们和长在地面暖棚里的蕨类一模一样。不过，由于缺乏阳光的热量，这些树、灌木和植物都显得形容枯槁；它们的颜色千篇一律都是已经褪去了的棕色。树叶并不绿，花朵在这个第三纪的季节里开得很多，但它们既无色彩，也无芳香，仿佛是用经过空气漂白的纸做成的。

李登布洛克教授在这片巨大的树林里冒险往前走着，我跟着他，心里却有点害怕。既然大自然为这些可食植物创造了合适的生长环境，那么我们为什么就不会遇见一些可怕的哺乳动物呢？由于年长日久，有些树木倒在地上枯萎了，留下了一片空地，我看见空地上有许多豆科、槭科和茜草科植物，还有各种各样的可食灌木，它们都是各个时期的反刍动物所喜欢吃的东西。接着，我又看到许多杂生在一起的树木，这些树木在地球表面是分布在不同地区的：橡树长在棕榈树旁，澳洲桉树倚靠着挪威松，北方桦树的枝杈和新西兰杉树相互缠绕。在这些树木面前，就是地球上最高明的植物分类学家也会感到无所适从。

突然，我停了下来，用手抓住叔叔。

借助四散的光线，我可以看清树林深处任何细微的东西。我似乎看见…… 不！我确实亲眼看见有许多庞然大物在树下移动！是的，这群巨兽是乳齿象，它们不是化石，而是活生生的动物，就像遗骸于一八〇一年在美国俄亥俄州的沼泽地里被发现的那种动物！我看见这些巨象的长鼻在树下乱动，如同大批蟒蛇一样。我还听见长长的象牙插入古树躯干的声音。树枝被折断了，树叶被大量扯下，并被送进这些巨兽硕大无朋的嘴里。

我曾梦见过地球在史前时代、第三纪和第四纪的景象，现在这些梦终于变成了现实！我们孤零零地在这地球深处，把生命完全交给了这群凶猛的野兽！

叔叔看着。

“走，”他突然一把抓住我的胳膊说，“朝前走，朝前走！”

“不！”我叫道，“不！我们没带武器，怎么对付这群四足巨兽呢？回去吧，叔叔，回去吧！任何敢于向这些巨兽挑衅的人都会受到惩罚的。”

“任何人！”叔叔压低嗓门回答说，“你错了，阿克赛尔！你看，看那边！我好像看到一个人！一个和我们一样的人！一个人！”

我一边看，一边耸耸肩，觉得这完全是无稽之谈。可是尽管我不相信，事实却明白无误地摆在那里。

在不到四分之一英里远的地方，果然有一个人靠在一棵巨大的杉树上，他就像是地下世界里的普洛透斯①，海神的一个儿子，在看管这一大群乳齿象！

看守这群巨大野兽的人本身比这群野兽更加巨大！

对！更加巨大！我们刚才曾在骸骨堆里发现过古代人的尸体，可他不

---

① 普洛透斯，希腊神话中海神波塞冬的儿子，负责看管其父的怪兽。

是古代人，而是一个巨人，可以指挥这些巨兽的巨人。他的身高有十二英尺；大如牛头的脑袋被蓬乱的头发遮着；这头发活像是远古时期大象的鬃毛。他挥舞着一根树枝，这可以说是这位远古牧人的牧杖。

我们惊呆了，一动不动地站着。可是我们这样会被发现，得马上逃跑。

“走吧，走吧。”我一边叫，一边拉叔叔走，后者第一次显得如此顺从。

一刻钟以后，我们跑出了这个可怕敌人的视线。

现在，这次超乎自然的奇遇已经发生了几个月，我的思维也恢复了正常，我静下来对此事作了一番仔细的思考，究竟应该怎么看？不！这不可能是人！我们被感官欺骗了，我们的眼睛给了我们错误的信息！这个地下世界里不会有任何人类存在！如果地心的洞穴里有人类居住，那么他们是不会无视地面上的人，也不会和地面上的人不相往来的！这次奇遇毫无意义，荒谬到了极点！

我更愿意相信存在着一种结构与人类相似的动物，一种远古时期的猴子，比如猿猴或者中猿猴，就像爱德华·拉尔岱[①]先生在桑桑[②]的化石层里所发现的那种。可是我们所看到的猴子的身材远远超过了现代古生物学上的记载！但这没关系！不管有多么不可能，反正它是一只猴子，一只猴子！绝对不会是一个人，一个和一大群同类一起生活在地下的活人！

我们离开了这片明亮的森林，两个人都惊得目瞪口呆，似乎变成了傻子。我们情不自禁地奔跑着，这是名副其实的逃跑，和噩梦里那种可怕的逃

① 爱德华·拉尔岱(1801—1871)，法国地质学家。

② 桑桑，地名，位于法国西南部的热尔省。

跑一模一样。我们本能地朝李登布洛克海跑去,我的神经极度紧张,已经无暇顾及对周围的景物进行观察。

虽然我知道自己走在一片从未到过的土地上,但我所看到的岩石形状却使我想起了格劳本港。这进一步证明罗盘的指示是正确的,也证明了我们的确在不由自主当中回到了李登布洛克海的北面。周围的景色有时简直分不清楚。上百条小溪和瀑布从突出的岩石上倾泻下来。我仿佛又看到了化石木地层、忠诚的汉斯小溪,还有我在昏迷中苏醒过来的那个洞穴。可是几步之遥的石壁的形状、一条新近出现的溪流,以及一块岩石的奇特轮廓,却重新使我变得犹豫不决起来。

我把我的疑惑告诉了叔叔。他也有同感。在这片一成不变的景色当中,他也无所适从。

“很显然,”我对他说,“我们没有在出发的地方靠岸,风暴把我们带到了稍北一点的地方,不过只要沿着海岸走,我们就能回到格劳本港。”

“要是这样,”叔叔回答,“那就没必要继续往前走了,最好是回到木筏上去。不过你不会搞错吧,阿克赛尔?”

“我也不敢肯定,叔叔,所有岩石都很相像。可我似乎认出了那个海角,汉斯就是在它下面将木筏造好的。即使小港口不在这里,我们离它也不远了。”我一边打量着似曾相识的海湾,一边补充道。

“不,阿克赛尔,如果像你说的那样,那么我们至少应该看到我们自己的足迹,可是我什么都没看见……”

“可我看见了。”我叫着朝一个在沙滩上闪闪发光的东西跑去。

“这是什么?”

“是这个。”我回答。

我捡起一把锈迹斑斑的匕首,给叔叔看。

“怎么,”他说,“难道你身上带着这武器吗?”

“我? 没有的事! 是你带的……”

“不,我不记得曾经带过这东西,”教授回答,“我也从来没有过这玩意儿。”

“这就奇怪了!”

“不奇怪,这很简单,阿克赛尔。这种武器冰岛人经常带,匕首是汉斯的,是他掉的……”

我摇了摇头。汉斯从来不曾有过这把匕首。

“会不会是某个远古战士的武器,”我叫道,“或者是一个活人、一个和巨型牧人同时代的人的? 不会! 这不是一件石器时代的用具! 甚至也不是青铜器时代的! 这把匕首是用钢做的……”

叔叔突然打断了我的思路,他以冷峻的语气说:

“安静点,阿克赛尔,别胡思乱想。这是一把十六世纪的武器,是一把名副其实的短剑,是贵族们佩在腰带上用来决斗的。它产自西班牙。所以它既不是你我的,也不是向导的,更不是生活在地球深处的人类的!”

“为什么这样说?”

“你看,匕首上有这么多缺口,已经不能再插进敌人的咽喉了;刀刃上的这层锈也不是一天、一年或是一个世纪所能生成的!”

教授像往常一样开始活跃起来,完全沉浸在他的想象之中。

“阿克赛尔,”他接着说,“我们即将完成一个重大的发现! 这把匕首掉在沙滩上有一百、两百甚至三百年的时间了，它的缺口是这地下海的岩石造成的！”

“可它不会自己到这儿来，”我叫着说，“也不会自己变弯！一定有人在我们之前到过这里！”

“是的，一定。”

“他是谁呢？”

“这个人一定用这把匕首刻下了自己的名字！他想再一次亲自为我们指明通往地心的路径！我们找找看吧！”

我们抱着极大的兴趣，沿着高高的石壁，检查起每一条缝隙来，因为这些缝隙很可能就是通向地心的甬道。

就这样，我们来到海岸的狭窄处。大海几乎碰到了石壁，只留出最多不到七英尺的甬道。在两块突出的岩石中间，我们发现了一个黑暗的洞口。

在那里的一块花岗岩石板上，有两个神秘模糊的字母，那是那位勇敢而富于幻想的旅行家的姓名缩写：

“A. S. ！”叔叔叫了起来，“阿尔纳 · 萨克努塞姆！又是阿尔纳 · 萨克努塞姆！”

四十

自从我们开始旅行,我已经惊讶过多次了:我以为自己对神奇的事物已经麻木,不会再大惊小怪了。可是,当我看到这些三百年前就被刻在这里的字母时,我惊得几乎发呆了。不仅是因为岩石上刻着这位博学的炼金术士的姓名,还因为用来刻这些字母的匕首现在就在我的手中。除非我是一个怀着明显恶意的无赖,否则我就没有道理再怀疑这位旅行者的存在,以及他所做的这次旅行的真实性。

这些念头在我的脑子里打转,与此同时,李登布洛克教授则面对阿尔纳·萨克努塞姆的名字大肆赞扬起来。

"了不起的天才!"他叫道,"你总是不忘为后人指明穿越地壳的途径,在这黑暗的地下深处,你的同道们还能够看到你在三百年前留下的足迹!你把欣赏这些奇景的机会留给了别人!你的名字每隔一段路程就出现一次,它们指引着敢于追随你的旅行者直奔目的地;而且,这些名字是你在地球的中心亲手刻下的。好吧!我也要和你一样,把我的名字刻在这花岗岩的最后一页上!不过,从今往后,你现在所看到的这个海角——它就在你所发现的大海边上——将永远被命名为萨克努塞姆海角!"

这就是我大致听到的话，我觉得自己被这些话语所洋溢的激情所感染。我的胸口好像有一团火在燃烧！我忘记了一切：旅行的危险、归途的险恶。别人做过的事情我也要做，只要是人类能完成的事情我都能够完成！

“前进，前进！”我叫道。

我已经冲进了黑暗的甬道，可是教授拦住了我，一向容易冲动的他这次却劝我要保持耐心和冷静。

“先回到汉斯那里去，”他说，“把木筏弄到这儿来。”

我略带不快地服从了他的命令，迅速朝海边的岩石丛跑去。

“知道吗，叔叔，”我边走边说，“到目前为止，我们一直受到了老天爷的特殊照顾！”

“啊！你这样想吗，阿克赛尔？”

“当然，就是连风暴也会把我们带到正确的道路上来。我要祝福它！是它使我们来到这片海岸，如果天气晴朗，我们一定会离这里越来越远！你设想一下，如果我们的船（我是指木筏）抵达了李登布洛克海的南岸，我们会怎么样？我们就不会看到萨克努塞姆的名字，只会在漫无出路的海滩上东奔西走。”

“是的，阿克赛尔，我们原本要往南航行，可是却回到了北面的萨克努塞姆海角，这里的确有命中注定的成分。应该说这已经不是令人感到惊讶的问题了，我根本无法解释这种现象。”

“好了！没关系！用不着解释它，只要能利用它就行了！”

“也许吧，孩子，可是……”

“我们不应该继续在天晓得的非洲沙漠或大西洋下面前进，而是应该重新往北走,从北欧一些地区的下面穿过,比如瑞典和西伯利亚什么的!”

“对,阿克赛尔,你说得有道理,一切都很顺利,因为我们要离开这片水平的海洋,它不会给我们带来任何结果。我们要下降、下降、再下降! 你也知道,我们只要再走两千英里,就能到达地心了!”

“好了!”我叫着说,“你根本不用对我说这些! 走吧! 走吧!”

找到向导的时候,我们仍然继续着这疯子般的对话。一切都已准备就绪,可以马上出发。所有包裹都被装上了木筏。我们上了筏子,帆升起来了,汉斯掌着舵,沿海岸向萨克努塞姆海角驶去。

风向并不是很顺,木筏不能鼓足风帆。因此在许多地方,我们不得不用铁棒撑着它前进。露出水面的礁石经常迫使我们绕一个大圈子。终于,在航行了三个小时之后,也就是将近晚上十点的时候,我们来到一个适宜于上岸的地方。

我第一个跳上岸,叔叔和冰岛人跟着我。刚才的航行非但没有让我平静下来,反而使我更着急了。我甚至建议“破釜沉舟”,自断退路,可叔叔不同意。我觉得他有点不温不火。

“至少,”我说,“我们别耽搁时间,立刻出发吧。”

“对,孩子;不过我们必须先检查一下这条新的甬道,看看是否要准备绳梯。”

叔叔点亮了路姆考夫照明灯;我们把木筏系在岸边,不去管它;甬道的入口离这儿不到二十步路,我们这一小队人在我的带领下,马上朝那里走去。

洞口几乎呈圆形,直径约五英尺;甬道很暗,四周全是裸露的岩石,并且留有火山喷发物的痕迹，这些喷发物过去就是通过它被喷到地面上去的；洞口的下端和地面一样高，所以我们很容易钻进去。

我们沿着一条几乎水平的道路前进，可是走了六步之后，却被一块巨大的岩石挡住了去路。

“该死的岩石！”看到自己被一个难以逾越的障碍突然挡住了脚步，我恼怒地叫了起来。

我们上下左右寻找着，可这完全是徒劳，根本没有路，也没有岔道。我感到非常失望，不愿意承认这个障碍的存在。我弯下腰，朝岩石下面张望，可是连一条缝隙都没有。再看岩石上面，还是一道花岗岩屏障。汉斯用灯找遍了石壁的每一个角落，可仍然找不到前进的道路。没有任何可以过去的希望。

我坐到地上；叔叔在甬道里踱着大步。

“可是萨克努塞姆是怎么过去的？”我叫着说。

“对，”叔叔说，“难道他也被这道石门挡住了去路？”

“不！不！”我激动地说，“一定是某种震动或是某种引发地震的磁力现象才使这块岩石堵住了甬道。从萨克努塞姆返回到岩石坠落，这中间一定隔了很长时间。这条甬道过去不是火山岩浆喷发的通道吗？火山喷发物不就是在这里自由流动的吗？你们看，花岗岩石壁的顶上有许多新近形成的缝隙；它是因巨大石块的重叠而形成的，结构就好像出自某个巨人之手；可是，当有一天，推力比平时更大时，这块岩石就犹如没有安放好的拱顶石，一直滑落到地上，挡住了去路。萨克努塞姆当时并没有遇到这个意外的障碍，要是我们不把它除掉，我们就不配到达地心！”

我也这样说起话来了！教授的性格完全感染了我。我被探险的天性左右着，忘记了过去，对未来充满藐视。我身陷地球深处，对于我来说，地球表面的一切都已经不存在：城市、乡村、汉堡、科尼街，还有我那可怜的格劳本，她一定以为我永远消失在地球深处了！

“好吧！”叔叔又说，“我们就用镐和锹开出一条路来！把这堵石壁推翻！”

“岩石太硬，用锹不行！”我叫道。

“那么就用镐！”

“用镐太慢！”

“这……”

“听着！用火药！用炮眼！我们把火药埋好，把这个障碍炸掉！”

“炸药！”

“对！要炸的只不过是一小块石头而已！”

“汉斯，动手！”叔叔叫道。

冰岛人到木筏上去了，回来的时候带来了一把镐，准备用它挖炮眼。这不是一项简单的工作，他挖的炮眼必须足以放得下五十磅火棉，而火棉的爆炸力比火药大四倍。

我的神经出奇地兴奋。汉斯挖炮眼的时候，我积极地帮助叔叔准备导火索；导火索很长，是用湿火药放在帆布细管里做成的。

“我们一定能过去！”我说。

“我们一定能过去。”叔叔重复道。

半夜十二点，我们终于把火药全部埋好；火棉被放在炮眼里，导火索穿过甬道，通向洞外。

现在只要一丝火星，就能让这颗威力无比的炸弹爆炸。

“明天再说吧。”叔叔说。

我不得不听从他的话，再耐心等待六个小时。

四十一

第二天，八月二十七日星期四，这是我们地下旅行的伟大日子。每当我回想起这个日子，我的心就会害怕得怦怦直跳。从那一天起，我们的理智、判断力和创造性都失去了作用，我们成了自然现象的掌上玩物。

六点钟我们起身。用火药在花岗岩地壳中开辟出一条道路的时刻到了。

我请求叔叔把点燃导火索的荣誉给我。任务完成之后，我必须回到载着同伴和物品的木筏上，离开海岸，以逃避爆炸带来的危险，因为爆炸力可能并不局限在岩石的内部。

根据计算，在烧到放有火药的炮眼之前，导火索大约要燃烧十分钟，因此我有足够的时间回到木筏上。

我不无激动地做好了完成任务的准备。

叔叔和向导匆匆吃完早饭之后，就上了木筏，我则留在岸上。我拿着一盏点着的灯，准备用它来点燃导火索。

“去吧，孩子，”叔叔对我说，“快点回来和我们会合。”

“放心吧，”我回答，“我不会在路上玩的。”

接着我就向甬道口走去。我打开灯，拿起导火索。

教授握着计时器。

“准备好了吗？”他朝我叫道。

“准备好了。”

“好吧！点火，孩子！”

我迅速把导火索伸进火里，它遇火之后就发出噼啪的响声；我跑着回到了岸边。

“上船，”叔叔说，“离岸。”

汉斯用力一推，我们就离开了海岸。木筏被推出一百多英尺远。

这时刻真是惊心动魄。叔叔的眼睛盯着计时器。

“还有五分钟，”他说，“还有四分钟！三分钟！”

我的心跳得快极了。

“还有两分钟！一分钟……倒塌吧，花岗岩大山！”

这时候发生了什么事？我好像没有听见爆炸的声音。可是我看到岩石的形状突然发生了变化；它们就像幕帘一样被打开了。海岸边出现了一个深不可测的大洞。大海如同昏了头一般，掀起了巨浪，木筏被垂直地推上了浪尖。

我们三人全被掀倒了。黑暗在瞬间代替了光明。接着，我感到木筏——而不是我们的脚——失去了坚实的支撑。我以为它径直沉入了海底，可是它没有。我想对叔叔说几句话，但海水的咆哮会使他什么都听不见。

尽管周围漆黑一片，大海的咆哮声震耳欲聋，尽管我们既惊讶、又紧张，可是我很清楚刚才发生了什么事。

在被炸飞的岩石后面，有一个深渊。爆炸在布满缝隙的地面上造成了地震，地洞裂开了，海水变成了激流，带着我们一泻而下。

我觉得完蛋了。

我不知道过了多长时间，可能是一个小时，也可能是两个小时就这样过去了。我们相互抓住胳膊、挽着手，以免被甩到木筏外面。木筏撞到石壁上，就会产生极为剧烈的震动。不过这样的撞击很少，由此我断定甬道变得很宽。毫无疑问，这就是萨克努塞姆走过的路；但是由于疏忽，我们并没有像他那样独自下降，而是把整个大海的水也带了下来。

大家可以理解，这些念头在我的脑海里既模糊、又朦胧。当我们以令人晕眩的速度坠落般下降的时候，我很难将它们联系起来。根据吹打在脸上的气流判断，我们的速度比最快的火车还要快。想在这样的条件下点亮火炬是不可能的，而我们的最后一盏路姆考夫照明灯也在爆炸时被震坏了。

因此，当我看到附近突然亮起一道光的时候，我感到很惊讶。这道光照亮了汉斯那镇定的脸庞。是能干的向导把灯点亮的，尽管火苗摇曳不定、岌岌可危，但它为可怕的黑暗带来了一线光明。

甬道很宽。我的判断是正确的。微弱的光亮不足以让我们同时看到它两面的石壁。水流的坡度比美洲最为湍急的急流坡度还要大。水面好像是一排被用尽全力射出的箭流。我再也找不出更恰当的比喻来形容我的感受。有时，木筏遇到旋涡，便会旋转着前进。它接近甬道石壁的时候，我就让灯光映在岩石上，于是岩石的突出部分变成了一条条连续的直线，我们则被紧紧地束缚在这张运动着的线网之中。看着这番景象，我大致推算出了我们的速度：大约是每小时四百英里。

我和叔叔靠在桅杆上，惊恐地看着四周；桅杆早在爆炸的时候就已被折断。我们背对着风，以免被迎面吹来的气流窒息，因为任何人力都无法控制这种气流的速度。

时间流逝着，情况没有改变。这时又发生了一个意外，使局面变得更加复杂。

我试图整理一下我们所携带的物品，可是我发现被我们装上木筏的大多数东西都没有了，一定是在爆炸发生之后，海水向我们猛烈袭来的时候丢失的！我想弄清楚到底还剩下什么东西，于是便拿着灯，仔细搜寻起来。我们的仪器只剩下了气压表和计时器。所有的梯子和绳索也仅仅是一小段绕在桅杆上的缆绳而已。镐、锹、锤子全都没有了，最要命的是剩下的食物只够我们吃一天！

我找遍了木筏的每一条缝隙、树干的每一个角落和木板的每一处接口！什么都没有！我们的全部食物只是一块干肉和几片饼干。

我目瞪口呆地看着！我不想弄明白！我担心的是什么危险？当食物足够我们吃几个月、几年的时候，我担心被激流带进这个深渊之后如何出去。既然我们已经有这么多的死法，又何必害怕饥饿的折磨呢？也许我们还来不及挨饿就已经死了呢！

然而，在这些无法解释的奇怪念头的困扰下，我忘记了眼前的危险，一心只考虑起将来的可怕威胁。再说，也许我们能够逃脱狂怒的激流，回到地面上去呢？怎么逃脱？我不知道。从哪儿逃脱？这没关系。尽管只有千分之一的机会，但毕竟也是机会；可是面对饥饿，我们却没有任何希望，哪怕是极其渺茫的希望。

我想把这一切全都告诉叔叔，让他知道我们的食物有多么匮乏，并且算一算我们还能活多长时间。可是我不敢说话。我要让他保持冷静。

这时候，灯光逐渐暗淡下去，最后完全熄灭了。灯芯烧完了。黑暗重新笼罩了我们。我们根本无法驱散这无法穿透的夜幕。还剩下一把火炬，可是它不可能保持燃烧的状态。于是我就像孩子一样闭上眼睛，不去看这四周的黑暗。

经过很长一段时间，我们的速度又快了一倍。这一点我可以根据吹打在脸上的气流判断出来。海水变本加厉地下泻着。我真的觉得我们不是在下滑，而是在坠落。而且似乎是在垂直坠落。叔叔和汉斯的手抓住我的胳膊，有力地拉着我。

不知过了多长时间，我似乎突然感到一记震动；木筏并没有撞上什么坚硬的物体，而是突然停止了坠落。一阵倾盆大雨和一根巨大的水柱落到了木筏表面。我觉得透不过气来，快被淹死了……

不过这突如其来的洪水没有持续下去。几秒钟之后，我重新得到了新鲜的空气，大口大口地呼吸着。叔叔和汉斯抓着我的胳膊，几乎要把它折断；我们三个人仍然在木筏上。

四十二

我想当时大概是晚上十点钟。在这最后的撞击之后，我首先恢复工作的感官是听觉。我几乎立刻就听见了，因为这是真正的听觉行为；我听见甬道里鸦雀无声，寂静代替了长时间充斥在我耳朵里的海水的呼啸声。终于，叔叔的话如同窃窃私语，传到我的耳边：

“我们在上升！”

“你这是什么意思？”我大声叫道。

“是的，我们在上升！我们在上升！”

我展开双臂；我的手碰到了石壁，被划出了血。我们正在以极快的速度上升。

“火炬！火炬！”教授喊道。

汉斯艰难地点燃了火炬，火焰由下而上地跳动着，尽管我们在上升，但它发出的光仍然足以照亮整个景象。

“和我想的一样，”叔叔说，“我们在一口狭窄的井里，它的直径还不到二十六英尺。水从洞穴的底部往上涌，一直要升到水平面的高度，我们就这样在随它一起上升。”

“上升到哪里?”

“不知道,不过要作好准备,任何情况都可能发生。估计我们的上升速度是每秒钟十三英尺,也就是说每分钟近八百英尺,每小时四十六英里。照这样的速度,我们很快就会升到地面。”

“是的,如果我们不遇到任何阻碍,而且这口井有出口的话！可是万一它的出口被堵住了,万一空气在水柱的压力下逐渐受到压缩,那么我们就会被压死。”

“阿克赛尔,”教授极其平静地回答说,“情况几乎令人绝望,可是我们还有生存的机会,而我考虑的正是这些机会。如果说我们随时都可能死去,那么也随时都可能获救。所以我们要有能力利用一切小小的活命机会。”

“我们应该怎么办?”

“吃东西,恢复体力。”

听到这些话,我惊恐地看着叔叔。我最后还是说出了我不愿说的话:

“吃东西?”我重复道。

“对,马上。”

教授又用丹麦语说了些什么。汉斯摇了摇头。

“什么！我们的食物全都丢了?”

“是的,这就是我们剩下的食物:一块干肉必须三个人分!”

叔叔看着我,好像不愿听懂我的话。

“现在,”我说,“你还认为我们能生还吗?”

我的问题没有得到任何回答。

一个小时过去了。我开始觉得饥饿难忍。我的同伴们也同样如此,可是没有一个人敢碰一下这剩下的一点点可怜的食物。

这时候,我们仍然极其快速地上升着。有的时候,大风使我们喘不过气来,就像上升得太快的飞行员所感受到的那样。不过飞行员在大气层中上升的时候,会随着高度的增加而感到寒冷,而我们的感觉却截然相反。温度在令人焦急地升高,现在肯定已经达到了四十度。

这种变化意味着什么?在此之前,所有事实都证明戴维和李登布洛克的理论是正确的:在耐热岩、电和磁的特殊环境下,自然规律起了变化,致使气温一直比较温和;可是在我看来,地热理论是唯一正确、唯一可以解释的理论。我们是否会回到一个足以使岩石完全熔化的严酷的高温环境中去呢?我很担心,就对教授说:

“即使我们不被淹死、压死或饿死,也有可能被活活烧死。”

他只是耸了耸肩,又重新陷入了沉思。

一个小时过去了,除了气温略有上升之外,情况没有任何变化。最后叔叔打破了沉默。

“我说,”他说,“我们应该作出决定。”

“作出决定?”我问。

“对。必须恢复我们的体力。如果我们为了多活几个小时而节省着吃这些剩下的食物,那么我们就会永远处于虚弱的状态,一直到死。”

“对,一直到死,这时刻已经不远了。”

“如果我们因为饥饿而变得虚弱,那么万一有逃生的机会,万一需要我们行动的时候,我们的力量从哪儿来呢?”

“可是,叔叔,吃了这块肉之后,我们还有什么食物剩下?”

“没有了，阿克赛尔，什么都没有了。可是你看着它，它就会变得多起来吗？你的想法就像是一个优柔寡断、缺乏毅力的人！”

“难道你不绝望吗？”我恼怒地叫道。

“不！”教授坚定地回答。

“什么！你还相信有逃生的机会？”

“对！一定有！我认为一个有毅力的人，只要他的心脏还在跳、肌肉还在动，那么他就不会绝望。”

多么豪迈的话！此时此地能说出这种话的人一定有着超乎寻常的坚强意志。

“那么，”我说，“你到底打算干什么？”

“把剩下的食物全部吃掉，恢复已经失去的体力。这将是我们的最后一顿饭，就让它是最后一顿吧！可至少我们将重新成为男子汉，而不会再是奄奄一息。”

“好吧！那我们就吃吧！”我叫道。

叔叔拿出没有掉进大海的肉和饼干，把它们平均分成三份，发给大家。每个人大概得到一磅左右的食物。教授贪婪地吃着，显得十分兴奋；我虽然很饿，却不觉得好吃，几乎还有点恶心；汉斯很平静，也很有节制，他无声地小口咀嚼着，安详地品尝着食物的美味，仿佛对未来的危险无动于衷。经过仔细搜寻，他找到半壶刺柏子酒，于是就拿给我们喝；这种有益健康的甜酒使我稍微振作了一些。

“好喝极了！”轮到汉斯喝的时候，他用丹麦语说。

“好喝极了！”叔叔也跟着说了一句。

我心中又燃起了一丝希望。我们的最后一顿饭已经吃完了。这时候是早晨五点钟。

人就是这样,健康的身体对他只会产生完全负面的效果;一旦吃饱喝足,他就很难体会到饥饿的可怕;而这种可怕只有尝过饥饿滋味的人才会懂得。因此,在很长一段时间没有吃东西以后,几口饼干和干肉使我们忘记了过去的痛苦。

可是,吃完饭后,每个人都陷入了沉思。汉斯虽然生活在西方,却有着东方人的宿命思想,此刻他在想些什么呢? 至于我,我的脑海里充满了回忆,我想到了地面上的人和物,我真后悔离开了那里。科尼街的房子、我可怜的格劳本、女仆玛尔塔,这一切都梦幻般地在我眼前一一晃过,在这穿越地壳的凄凉巨响中,我似乎听见了地面上城市的喧嚣。

叔叔仍然在干他的事,他手持火炬,仔细检查着地层的性质,希望以此能辨认出他所处的位置。这种计算,或者更加确切地说,这种估计,只能是非常粗略的;不过只要学者能够保持冷静,他就永远是学者,而冷静的优点在李登布洛克教授身上显然体现得尤为突出。

我听到他轻声说着一些地质学上的名词;这些词我能听得懂,所以也不由自主地对叔叔最后的研究发生了兴趣。

“火成花岗岩,”他说,“我们仍然在原始时期;可是我们在上升! 我们在上升! 谁知道呢?”

谁知道呢? 他一直抱着希望。他用手触摸着垂直的石壁,过了一会儿,他又说道:

“这是片麻岩! 这是云母片岩! 好! 不久我们就要上升到过渡期的地

层了,这样的话……”

教授的话是什么意思?难道他能测量出悬在我们头顶的地壳厚度吗?他有什么办法能计算出来吗?不会。他没有气压计,后者是任何估计都代替不了的。

可是,气温迅速地上升着,我觉得周围的空气灼人肌肤。只有在炼铁厂的高炉铸铁的时候才会有这么高的温度。汉斯、叔叔和我都不得不先后脱掉了上衣和背心;即使穿着衣服不是一种痛苦,至少也让人感到难受。

“我们是不是在朝一个炽热的火炉上升?”我叫着问,这时候热量又增加了一倍。

“不,”叔叔回答,“这不可能!不可能!”

“可是,”我一边说,一边摸着石壁,“这石壁非常烫手!”

说这句话的时候,我的手碰到了水面,我赶紧把它缩回来。

“水也很烫!”我叫道。

这次教授做了一个恼怒的手势代替回答。

这时候,一种无法克服的恐惧感占据了我的脑海,令我难以摆脱。我预感到不久就要发生一场灾难,即使是最大胆的人也不敢想象这场灾难有多严重。一个起初在我脑子里模糊不定的想法逐渐变得肯定起来。尽管我不去想它,可它却固执地闯进了我的思想。我不敢把它说出来。但是,我无意中观察到的一些迹象却证实了我的想法。在火炬朦胧的光亮下,我发现花岗岩层在无序地运动;显然将会有某种自然现象发生,造成它的原因是电、高温和沸水!我想看看罗盘。

罗盘的指针胡乱地晃动着。

四十三

是的,胡乱晃动!指针剧烈地摇摆着,从一点跳到另一点,仿佛得了眩晕症一样,指着罗盘表面的每一点,不停地旋转着。

我知道,根据公认的理论,地球的磁力层从来就不是完全静止的;地球内部物质的分解、潮汐的起落和磁场的运动都会使它发生变化和不停地震动,而这一切居住在地表的生物却感觉不到。所以我对这种现象并不感到恐惧,至少没有因此而产生可怕的想法。

但是,我不久就注意到了另外一些特别的情况。爆炸越来越多,而且越来越强烈;只有大批在石板路上疾驶的马车才会发出如此的巨响。这是连续不断的雷声。

在雷电影响下胡乱晃动的罗盘指针进一步证实了我的看法。磁力层可能发生断裂,花岗岩石块可能合拢,地缝可能被堵死,空隙可能被填满,而我们这些可怜而微不足道的人则会被压得粉身碎骨。

“叔叔,叔叔!”我叫道,“我们完了。”

“又有什么可怕的事情?”叔叔回答的时候出奇地平静,“你怎么了?”

“怎么了?你看:抖动的石壁、断裂的石块、炽热的高温、沸腾的水、聚集的蒸汽、疯狂的罗盘指针，这一切都预示着将要发生地震！”

叔叔微微摇了摇头。

“地震？”他说。

“对。”

“孩子，我想你错了。”

“怎么？难道你看不出这些征兆吗……”

“是地震的征兆吗？不！我认为比地震更好！”

“什么意思？”

“是火山爆发，阿克赛尔。”

“火山爆发！”我说，“我们是在一座活火山的火山管里吗？”

“我想是的，”教授微笑着说，“这可是我们的万幸！”

万幸！叔叔疯了吗？他的话是什么意思？为什么他如此镇定，而且还面带微笑？

“怎么！”我喊着说，“我们遇到了火山爆发！命运把我们抛到了炽热的岩浆、滚烫的岩石、沸腾的水和所有火山喷发物的必经之路上！我们将会随着岩石块、火山灰和岩渣雨，在火焰中被推搡、被驱逐、被抛掷、被喷出，最后被射到空中，这就是我们的万幸！”

“是的，”叔叔一边回答，一边透过眼镜的上梁看着我，“这是我们回到地面的唯一机会！”

我把脑子里成千上百个念头迅速梳理了一番。叔叔说得对，完全正确，他正平静地等待和计算着火山爆发的可能性，我从来没有像现在这样觉得他如此勇敢、如此坚定。

我们仍然上升着；一个夜晚就这样过去了；四周的爆裂声越来越强烈；我几乎窒息而死，我觉得生命的最后时刻已经来临，想象力就是如此奇怪，我开始搜寻童年的回忆。不过我只能受自己思想的支配，而无法主宰它们！

我们显然是被火山爆发的推力推着上升；木筏下面是沸腾的水，而水下面则是混杂着石块的岩浆，这些岩浆到达火山口时，就会被喷向四面八方。我们是在火山管里。这一点已经毫无疑问。

不过这一次我们不是在斯奈菲尔这座死火山里，而是在一座处于剧烈活动中的活火山里。所以我在想这会是哪座火山，我们又会被喷射到世界的什么地方。

可以肯定的是我们将被喷射到北方地区。罗盘在乱跳之前，指针一直是指着北方的。自从离开萨克努塞姆海角，我们已经径直往北走了上百英里。我们是否重新回到了冰岛下面？我们是会被赫克拉火山喷射出来，还是会被这座岛屿的另外七座火山喷射出来？在这个纬度上，方圆五百英里的范围内，我只知道西面的美洲大陆西北岸有一些不知名的火山；东面只有一座火山，它就是埃斯克火山，位于北纬九十度的让·麦扬岛，离斯匹兹堡①不远。的确，火山口很多，而且都很大，喷出一支军队都不会有问题！可是我们究竟会从哪一座火山出去呢？我一直在猜测着。

拂晓时分，上升加快了。接近地表之时，气温不但没有下降，反而升高了，这只是一种局部现象，是受火山影响的结果。由于我们的运动方式，大家心里已经不再有疑问。积聚在地球内部的水蒸气产生了好几百个大气压

① 斯匹兹堡，挪威斯瓦巴德群岛中最大的岛屿，位于北冰洋。

的压力,这股巨大的力量推着我们,势不可挡。但是它也让我们面临着无数的危险。

垂直的火山管逐渐开阔起来,不久里面就出现了黄褐色的反光;我看到左右两边都有许多幽深的甬道,它们犹如巨大的管子,喷射出浓浓的蒸汽;火舌舔着这些甬道的侧壁,发出噼啪的声音。

“快看!快看,叔叔!”我叫道。

“不错!那是含有硫黄的火焰。这在火山爆发的时候是再正常不过的事情了。”

“可要是火焰把我们包围了怎么办?”

“它们不会把我们包围的。”

“那我们窒息了怎么办?”

“我们也不会窒息的。火山管越来越开阔,如果必要的话,我们可以离开木筏,到裂缝里躲一躲。”

“那么水呢?水在上涨!”

“已经没有水了,阿克赛尔,只有一种黏稠的岩浆,它在上升的同时也将把我们带到火山管的出口。”

的确,水柱已经消失,取而代之的是黏稠而沸腾的火山喷发物。气温高得让人难以忍受,如果在这么炽热的空气里放上一支温度计,那么水银柱肯定会升到七十多度!我大汗淋漓。要不是我们上升得很快,肯定早就被闷死了。

可是教授并没有把他离开木筏的建议付诸实施,他做得对。这几根胡乱拼凑起来的树干给了我们一个坚实的平面做立脚点,这是我们在其他任何地方都找不到的。

上午八点左右，第一次出现了一个新的意外。我们突然停止了上升。木筏一动不动地停了下来。

“怎么了?”这突如其来的停止使我摇晃起来，就像是被猛力撞了一下，于是我问道。

“上升暂停了。”叔叔回答。

“难道火山爆发停止了?”

“但愿没有。”

我站起来，看了看周围的情况。木筏可能被突出的岩石挡了一下，所以有力量暂时抵抗火山喷发物的上推力。如果是这样的话，我们必须尽快让它摆脱这块岩石。

然而情况并非如此。是火山灰、岩渣和碎石本身停止了上升。

“火山爆发停止了吗?”我叫着问。

“啊!”叔叔咬着牙说，“你担心火山停止爆发是吗? 孩子，放心吧，这种平静不会长久的;它已经持续了五分钟，我们马上就会重新开始向火山口上升。”

教授一边这样说，一边不停地看着计时器，也许他的预测又是对的。一会儿，木筏重新开始迅速而不规则地运动起来，这种运动持续了大约两分钟，然后又停下了。

“好，”叔叔看着时间说，“十分钟后它会重新上升的。”

“十分钟?”

“是的。我们是在一座间歇火山里。它让我们和它一起喘口气。”

叔叔说得完全正确。预定的时间过去后,我们又被疾速向上抛去。我们必须抓紧木梁,才不至于被甩出木筏。接着上升又停止了。

从那时候起,我对这种奇特的现象考虑了很久,可是百思不得其解。不过我觉得我们所处的显然不是火山的主喷管,而是一个次喷管,所以能感觉到这种反冲力。

我说不清这样的上升运动重复了多少次。我只记得每次重新上升的时候,推力都会增大,而我们则如同名副其实的抛射体一样,被往上抬升着。在上升的间歇,我们都感到窒息;而上升的时候,炽热的空气却使我喘不过气。一时间我想,要是我突然来到零下三十度的北极严寒地带,那该有多么舒服啊!我极度兴奋地想象着北极地区的冰天雪地,渴望着在冰雪地毯上打滚!可是,在反复的震动下,我的头似乎要裂开了,逐渐失去了知觉。要是没有汉斯伸出手扶着我,我的脑袋早就不止一次地撞碎在花岗岩石壁上了。

因此,我对后面几个小时里发生的事一点都记不清了。我隐约听到连续的爆炸声,感到岩石在颤动、木筏在旋转。在雨点般落下的火山灰里,木筏随着岩浆的波浪上下起伏,完全被呼呼作响的火焰包围了。似乎有一只硕大的风扇吹出阵阵狂风,使地下的火焰更加猛烈。我最后一次看到汉斯的脸庞映照在火光里,我的感觉可怕极了,就像一个罪犯被绑在炮口,而只要一开炮,他的肢体就会在空中被打得四分五裂一样。

四十四

我重新张开眼睛的时候,觉得向导强壮的手抓着我的腰带。他的另一只手抓着叔叔。我并没有受到重伤,只是感到浑身酸痛。我发现自己躺在一个山坡上,离深渊咫尺之遥,只要稍微动一下,就会掉下去。当我在火山口边上滚动的时候,汉斯把我从死亡线上拯救了回来。

"我们在哪儿?"叔叔问,我觉得他因为回到地面而十分恼怒。

向导耸了耸肩,表示不知道。

"在冰岛。"我说。

"不。"汉斯回答。

"怎么,这儿不是冰岛!"教授叫道。

"汉斯搞错了。"我说着站起来。

在经历了旅行的无数惊奇之后,我们又一次感到目瞪口呆。我以为会在北方干燥而荒无人烟的地带,在北极天空的苍白阳光下,在地球上纬度最高的地方,看到白雪皑皑的火山锥;可是事实和我的想象完全相反,叔叔、冰岛人和我躺在一个半山腰,炽热的太阳烘烤着我们,也烘烤着整座山。

我简直不敢相信自己的眼睛;可我那被太阳暴晒着的身体却不容我有

丝毫的怀疑。我们半裸着身体离开了火山口，两个月来我们没有见到一丝阳光，而现在，太阳却慷慨地向我们倾泻着光线和热量。

起初，我的眼睛适应不了如此强烈的光线；等它们习惯之后，我的所见便纠正了我错误的想象。我希望我们至少是在斯匹兹堡，我不打算轻易否定我的观点。

教授第一个开口说话了：

“这里的确不像是冰岛。”

“那么是让·麦扬岛？”我回答。

“也不像，孩子。从花岗岩山坡和山顶覆盖的冰雪来看，这不是北方地区的火山。”

“可是……”

“你看，阿克赛尔，你看！”

在我们头顶上方五百英尺的地方，火山张着大口，每隔一刻钟就喷出一根高高的火柱，里面夹杂着浮石、火山灰和岩浆，同时还发出强烈的爆炸声。我能感觉到火山的震动，它像鲸鱼那样呼吸着，巨大的鼻孔不时喷出火焰和空气。在我们脚下，火山喷发物沿着陡峭的山坡向下层层流去，一直延伸到七八百英尺深的地方，这使火山的总高度看上去还不到两千英尺。火山脚消失在一片郁郁葱葱的树丛中，我可以辨认出橄榄树、无花果树和结满紫色葡萄的葡萄藤。

必须承认，这不是北极地区的景色。

眼光越过这片葱绿的树丛，很快便落到一大片美丽的海面或湖面上，我们脚下这块迷人的陆地只是一个宽度仅为几英里的小岛。东面有一个小港，港口前有几幢房子，港口里则有几艘外观特殊的船只随着蔚蓝的波浪上下起伏着。远处，一连串小岛浮现在水面上，数量多得就像一群蚂蚁。西面，遥远的海岸在地平线上划出一道圆弧；有的海岸上矗立着轮廓优美的蓝色山脉；而在另一些更远的海岸上，则有一座高得出奇的火山锥，锥顶上浮动着一层烟雾。北面，一望无际的水面在阳光下熠熠生辉，到处都可以见到桅杆的顶端和鼓足的风帆。

这出乎意料的景色更加增添了它的美丽。

“我们在哪儿？我们在哪儿？”我低声重复着。

汉斯漠不关心地闭着眼睛，叔叔则不解地看着眼前的景色。

“不管这是什么山，”他最后终于说，“这里有点热；爆炸还没有停止，要是我们的头被岩石砸一下的话，那么也就没有必要从火山里出来了。下山吧，我们会知道怎么办的。再说，我又饥又渴，快要死了。”

教授终究不是一个深思熟虑的人。要是我的话，我会忘记一切需要和劳累，在这里再多待一段时间。可是我必须跟着我的同伴们。

火山的斜坡很陡；我们在火山灰堆里往下滑，同时躲避着一条条如火蛇般蜿蜒的岩浆流。下山的时候，我滔滔不绝地说着话，因为我想的东西太多，必须说出来才行。

“我们是在亚洲，”我叫着说，“在印度的海边，在马来西亚的岛上，在大洋洲的中心！我们穿过了大半个地球，来到了和欧洲相对的另一端。”

“罗盘怎么指示？”叔叔问。

“对！罗盘！”我尴尬地说，“根据它的指示，我们一直是在往北走。”

“这么说它欺骗了我们？”

“噢！欺骗！”

“除非这里是北极。”

“北极！不，可是……”

这件事无法解释。我也不知道应该怎么想。

这时候，我们走近了那一片赏心悦目的绿色树丛。饥饿和干渴折磨着我。值得庆幸的是，走了两个小时之后，我们看到了一片可爱的农村，橄榄树、石榴树和葡萄树随处可见，看上去就像是属于每个人的。再说，像我们这样一无所有的人也不必过于拘谨。把这些美味的水果贴在唇上，并且大口大口地咬那一串串紫红的葡萄，这该是多么大的享受！在不远处的草丛里，在美妙的树荫下，我发现一眼清冽的泉水，我们把脸和手浸在里面，尽情地享受着无比的快感。

正当我们沉浸在休息的快乐之中时，一个孩子出现在两丛橄榄树之间。

“啊！”我叫道，“有一个幸福之地的居民！”

这是一个贫穷的孩子，衣衫褴褛，体弱多病，他看到我们这副样子十分害怕；的确，我们半裸着身体，胡子拉碴的，非常难看，除非这里是一个盗贼的国度，否则我们一定会使居民们惊恐万状。

孩子刚想逃跑，汉斯就追上了他，不管他如何叫喊、如何拳打脚踢，他还是把孩子抓了回来。

叔叔开始尽可能地安慰他，并用纯正的德语问他：

“这座山叫什么名字，我的小朋友？”

孩子没有回答。

“好，”叔叔说，“我们不在德国。”

他用英语把同样的问题重新提了一遍。

孩子依然没有回答。我感到很惊讶。

“难道他是哑巴？”教授喊了起来，他对自己的语言能力非常自豪，于是又用法语问了一遍。

孩子还是沉默不语。

“那就试试意大利语。”叔叔说着，就用意大利语问：

“这是什么地方？”

“对，这是什么地方？”我焦急地重复道。

孩子什么也不回答。

“怎么搞的！你会说话吗？”叔叔叫道，他开始生气，拉住孩子的耳朵摇动着，“这个小岛叫什么名字？”

“斯德隆布利岛①。”乡下小孩回答着，挣脱了汉斯的手，穿过橄榄树丛，向平原跑去。

我们几乎立刻忘记了他。斯德隆布利岛！这个意想不到的名字在我的脑海里产生了什么样的反应！我们是在地中海，在充满神话记忆的伊奥利亚群岛②，在过去被称作斯德隆吉尔的小岛上，在这里，风神伊奥利亚驾驭着大风和暴雨。东面那座圆弧形的蓝色山脉就是卡拉布利亚山！而矗立在

---

① 斯德隆布利岛，原名斯德隆吉尔岛，属意大利，位于西西里岛北部的地中海上，是利帕里群岛最北端的小岛，岛上有活火山斯德隆布利火山。

② 伊奥利亚群岛，即利帕里群岛。伊奥利亚是传说中风神的名字，利帕里群岛是他的辖地。

南部地平线上的那座火山则是凶猛的埃特纳火山①。

“斯德隆布利岛！斯德隆布利岛！”我重复着。

叔叔用手势和话语为我伴奏着，我们似乎是在合唱。

啊！多么奇妙的旅行！我们从一座火山进去，又从另一座火山出来，而后者离斯奈菲尔火山、离冰岛这个荒无人烟的国度足足有一万六千多英里！这次探险出乎意料地把我们带到了地球上最祥和的地方。我们离开了冰天雪地、灰雾笼罩的北极地区，却来到了满目葱茏、蓝天白云的西西里岛！

在美餐了一顿水果和清泉之后，我们重新出发，向斯德隆布利港走去。把我们来到岛上的前因后果告诉当地居民是不明智的：迷信的意大利人会把我们看成是从地狱里喷发出来的妖魔；我们只好忍气吞声地装成沉船的遇难者。虽然这样不太光荣，但更保险。

一路上我听见叔叔低声说：

“可是罗盘！罗盘怎么会指着北方！这怎么解释？”

“说真的，”我不屑一顾地说，“不用解释，这样更简单！”

“这怎么行！约翰大学的教授不能解释一种自然现象，这是他的耻辱！”

说着，身体半裸、腰缠皮钱袋的叔叔把眼镜架在鼻梁上，重新变成了可怕的矿物学教授。

离开橄榄树林一个小时之后，我们来到了圣-维桑齐奥港，在那里汉斯索取到了他第十三个星期的酬劳，叔叔把钱如数给了他，并和他热烈握手。

---

① 埃特纳火山，意大利著名火山，海拔 3 313 米，位于西西里岛东北部。

这时候，虽然他没有和我们一样自然而然地感到非常激动，但至少在无意中做了一个异乎寻常的动作。

他用指尖轻轻按了按我们的手，微笑了起来。

四十五

这是故事的结尾。那些对任何事情都不以为然的人是不会相信它的，不过我早已习惯了人们的怀疑。

斯德隆布利岛的渔民们像对待失事的船民那样友善地招待了我们。他们给了我们衣服和食品。八月三十一日，经过四十八小时的等待，我们乘坐一艘平底小船来到墨西拿①，在那里我们休息了几天，完全解除了疲劳。

九月四日星期五，我们登上了法国皇家邮船沃尔图纳号，三天后在马赛港上岸。这时候我们的脑子里只想着一个问题，就是那该死的罗盘。这个难以解释的现象令我感到非常烦恼。九月九日晚上，我们回到了汉堡。

这里我不想描写玛尔塔有多么惊讶，格劳本有多么喜悦。

"现在你成了英雄，"我亲爱的未婚妻对我说，"就再也用不着离开我

① 墨西拿，意大利城市，位于西西里岛东北角，和亚平宁半岛的南端隔海相望。

了，阿克赛尔！”

我看着她。她悲喜交加。

大家可以猜一猜李登布洛克教授的归来是否轰动了整个汉堡。由于玛尔塔的嘴快，教授出发去地心的消息已经传遍了全世界。人们都不相信，看到他回来后，就更不相信了。

可是汉斯的出现，加之从冰岛传来的各种消息，都逐渐改变了人们的看法。

于是叔叔成了伟大人物，而我则成了伟大人物的侄子，这已经相当不错了。汉堡市为我们举行了一个盛大的庆典。约翰大学也组织了一次报告会，会上叔叔介绍了我们的探险旅程，只是略去了有关罗盘的细节。同一天，他把萨克努塞姆的密码信存入了汉堡市档案馆，并且表示，尽管他意志坚定，但由于不可抗拒的客观因素，他无法踏着这位冰岛探险家的足迹一直到地心，为此他深感遗憾。面对荣誉他非常谦虚，这反而使他的名声更加响亮。

过多的荣誉必然会引起一些人的嫉妒，叔叔也不例外。虽然他的理论有事实依据，但是违背了有关地心热量的科学体系，因而他和全世界的科学家们展开了多次著名的笔战和舌战。

至于我，我也不同意他的地心冷却理论：尽管我亲眼看到了这些事实，但我还是相信地心存在热量；不过我也承认，在自然现象的作用下，一些未知因素可能会改变这一规律。

在人们为上述问题争吵不休的时候，有一件事使叔叔感到万分忧愁：尽管他万般挽留，汉斯还是离开了汉堡；我们欠了他那么多，可他却不给我们任何报答的机会。他太想念冰岛了。

“再见。”有一天他对我们说了这样一句简单的告别语，就回雷克雅未克去了，他到达那里的时候很快乐。

我们非常想念这位绒鸭猎手；尽管他不在我们身边，但他救过我们的命，我们永远不会忘记他，我想在我的有生之年，肯定还要见他一面。

最后，我还要补充一点：这本《地心游记》轰动了全世界。它被印刷并翻译成各种文字；其中的主要章节被各国最受欢迎的报纸购买，相信和不相信的人们以同样坚定的信念讨论它、评论它、抨击它、支持它。这真罕见！叔叔在他的有生之年享受着他所得到的一切荣誉，甚至巴尔努先生也建议以很高的酬劳将他送到美国去“展览”。

可是面对这么多荣誉，叔叔却有一个烦恼，甚至可以说是痛苦。有一件事还得不到解释，那就是罗盘；对于一个科学家来说，无法解释的现象就是对心灵的折磨。好在老天爷总算决定给予叔叔完全的快乐。

一天，我在他的书房里整理一批矿石标本，看到了这只著名的罗盘，于是便仔细观察起来。

它被放在这个角落已经有半年了，一点都没有意识到自己给别人带来了多大的麻烦。

突然，我惊讶得叫出声来。教授连忙跑过来。

“怎么了？”他问。

“罗盘……”

“罗盘怎么了？”

“它指着南方，而不是北方！”

“你说什么?”

“你看,南北两极正好颠倒了过来。”

“颠倒了!”

叔叔看着,比较着,突然狂跳起来,把房子都震动了。

我和他都感到豁然开朗!

“原来如此,”当他能重新开口说话的时候,就叫道,“所以在我们到达萨克努塞姆海角之后,这只该死的罗盘就把北方指成了南方!”

“显然是这样。”

“这样我们的错误就有了解释。可是,是什么原因使指针的南北两极发生颠倒的呢?”

“这个再简单不过了。”

“你解释一下吧,孩子。”

“我们在李登布洛克海上遭遇风暴的时候,那团火球磁化了木筏上的铁器,也改变了罗盘的指针方向!”

“啊!”教授叫道,突然爆发出一阵大笑,“这么说,这是电的恶作剧?”

从那天起,叔叔成了最最快乐的科学家,而我则成了最最快乐的男人,因为可爱的格劳本不再是教授的养女,而是以侄媳和妻子的双重身份成了科尼街小屋的一员。不用说,她的叔叔就是大名鼎鼎的奥托·李登布洛克教授,世界五大洲所有科学、地理和矿物学会的通讯会员。

经典译林

Yilin Classics

书名	单价
癌症楼	78.00 元
爱的教育	39.00 元
安娜 · 卡列尼娜	65.00 元
傲慢与偏见	36.00 元
八十天环游地球	32.00 元
白洋淀纪事	39.00 元
包法利夫人	38.00 元
背影	28.00 元
边城	36.00 元
彼得 · 潘	35.00 元
草叶集：惠特曼诗选	39.00 元
茶花女	35.00 元
沉思录	29.00 元
吹牛大王历险记（插图版）	35.00 元
当代英雄	45.00 元
地心游记	32.00 元
飞向太空港	39.00 元
复活	42.00 元
富兰克林自传	36.00 元
高老头	39.00 元
艾青诗集	35.00 元
爱丽丝漫游奇境	29.00 元
安徒生童话选集	42.00 元
奥德赛	92.00 元
巴黎圣母院	42.00 元
百万英镑	35.00 元
悲惨世界（上、下）	98.00 元
被侮辱与被损害的人	39.00 元
变色龙：契诃夫中短篇小说集	39.00 元
变形记 城堡	38.00 元
茶馆	32.00 元
查拉图斯特拉如是说	38.00 元
城南旧事	29.00 元
大卫 · 科波菲尔（上、下）	79.00 元
稻草人	29.00 元
飞鸟集 · 新月集：泰戈尔诗选	39.00 元
福尔摩斯探案集	58.00 元
傅雷家书	49.00 元
钢铁是怎样炼成的	39.00 元
格列佛游记	35.00 元

书名	单价	书名	单价
格林童话全集	49.00 元	给青年的十二封信	38.00 元
古希腊悲剧喜剧集（上、下）	118.00 元	海底两万里	38.00 元
红楼梦	69.00 元	红与黑	49.00 元
呼兰河传	35.00 元	呼啸山庄	39.00 元
基督山伯爵（上、下）	108.00 元	纪伯伦散文诗经典	42.00 元
寂静的春天	35.00 元	假如给我三天光明	32.00 元
简·爱	39.00 元	金银岛	35.00 元
经典常谈	29.00 元	荆棘鸟	45.00 元
静静的顿河	128.00 元	镜花缘	49.00 元
局外人·鼠疫	38.00 元	菊与刀	35.00 元
克雷洛夫寓言	32.00 元	宽容	32.00 元
昆虫记	39.00 元	老人与海	32.00 元
理想国	45.00 元	聊斋志异	55.00 元
了不起的盖茨比	38.00 元	列那狐的故事	39.00 元
猎人笔记	38.00 元	林肯传	39.00 元
柳林风声	36.00 元	鲁滨逊漂流记	39.00 元
鲁迅杂文选集	36.00 元	绿野仙踪	32.00 元
绿山墙的安妮	36.00 元	论人类不平等的起源和基础	35.00 元
罗马神话	16.80 元	罗生门	39.00 元
骆驼祥子	32.00 元	美丽新世界	35.00 元
秘密花园	36.00 元	名人传	39.00 元
木偶奇遇记	35.00 元	拿破仑传	49.00 元
呐喊	29.00 元	牛虻	38.00 元
欧·亨利短篇小说选	36.00 元	欧也妮·葛朗台	32.00 元

书名	单价	书名	单价
彷徨	32.00 元	培根随笔全集	38.00 元
飘（上、下）	88.00 元	普希金诗选	42.00 元
骑鹅旅行记	36.00 元	乞力马扎罗的雪	39.80 元
热爱生命 · 海狼	38.00 元	人间草木：汪曾祺散文精选	49.00 元
伊索寓言：555 则	36.00 元	人性的弱点	39.00 元
人类群星闪耀时	36.00 元	儒林外史	42.00 元
日瓦戈医生	68.00 元	三国演义	59.00 元
三个火枪手	59.00 元	莎士比亚喜剧悲剧集	49.00 元
沙乡年鉴	42.00 元	神秘岛	48.00 元
少年维特的烦恼	28.00 元	十日谈	68.00 元
神曲（共三册）	128.00 元	双城记	45.00 元
世说新语（上、下）	89.00 元	受戒：汪曾祺小说精选	46.00 元
四世同堂（上、下）	78.00 元	水浒传	69.00 元
苔丝	39.00 元	宋词三百首	39.00 元
谈美书简	36.00 元	谈美	35.00 元
汤姆叔叔的小屋	45.00 元	汤姆 · 索亚历险记	32.00 元
堂吉诃德	78.00 元	唐诗三百首	39.00 元
童年	38.00 元	天方夜谭	42.00 元
瓦尔登湖	36.00 元	童年 · 在人间 · 我的大学	49.00 元
乌合之众	35.00 元	我是猫	39.00 元
雾都孤儿	44.00 元	物种起源	42.00 元
西游记	62.00 元	西顿野生动物故事集	38.00 元
悉达多	32.00 元	希腊古典神话	49.00 元
乡土中国	36.00 元	小妇人	45.00 元

书名	单价	书名	单价
小王子	29.00 元	星星离我们有多远	35.00 元
喧哗与骚动	58.00 元	雪国　古都	39.00 元
羊脂球	38.00 元	一九八四	36.00 元
一间自己的房间	36.00 元	伊利亚特	82.00 元
尤利西斯	58.00 元	月亮和六便士	45.00 元
约翰·克利斯朵夫（上、下）	98.00 元	朝花夕拾	22.00 元
战争论	45.00 元	战争与和平（上、下）	108.00 元
子夜	49.00 元	中国民间故事	39.00 元
罪与罚	66.00 元	最后一课	36.00 元